o primeiro dia
do ano da peste

Francisco Maciel

o primeiro dia do ano da peste

Estação Liberdade

Copyright © Francisco Maciel, 2001

Preparação e revisão de texto Valéria Jacintho e Marcelo Rondinelli
Composição Pedro Barros / Estação Liberdade
Capa Suzana De Bonis, sobre fotografia de Eustáquio Neves: *Futebol,* 1998 (detalhe)
Editor Angel Bojadsen

Maciel, Francisco, 1950-
O primeiro dia do ano da peste / Francisco Maciel. – São Paulo : Estação Liberdade, 2001.

ISBN: 85-7448-039-8

1. Romance brasileiro. I. Título.

01-1576   CDD-869.935

Índice para catálogo sistemático:
1. Romances : Século 20 : Literatura brasileira
   869.935
2. Século 20 : Romances : Literatura brasileira
   869.935

Todos os direitos desta edição reservados à

Editora Estação Liberdade Ltda.
Rua Dona Elisa, 116 – 01155-030 – São Paulo - SP
Tel.: (11) 3661 2881   Fax: (11) 3825 4239
e-mail: editora@estacaoliberdade.com.br
http://www.estacaoliberdade.com.br

Sumário

O começo do fim (prólogo)   11

I. O sol negro   13

II. A volta ao outro   21

III. O primeiro dia do ano da peste   41

IV. Ponto de fuga   127

V. A outridão do autor   163

Agonizava. A máscara e a capa, no chão. E tudo nele, da roupa até as feições do rosto, era EU. A mais absoluta identidade. Era o próprio EU. [...] *E dizia: "Venceste e eu me rendo. Contudo, de agora em diante, tu também estás morto... Morto para o Mundo, para o Céu e para a Esperança! Em mim tu vivias... e, na minha morte, vê, por esta imagem, que é a tua própria imagem: ASSASSINASTE A TI MESMO!"*

Edgar Allan Poe,
"William Wilson"
(Reescrito por Clarice Lispector)

A linguagem é uma pele: esfrego minha linguagem no outro. É como se eu tivesse palavras ao invés de dedos, ou dedos na ponta das palavras. Minha linguagem treme de desejo.

Roland Barthes,
Fragmentos de um discurso amoroso

O começo do fim
Prólogo

Este livro já estava escrito. Caso seu autor tivesse sobrevivido à peste, à loucura, à razão, ao preconceito, ao eu, ao tempo, ao país, com certeza lhe teria dado uma outra organização, um outro cosmo, um caos exato. Nem sei se ele continua vivo, o autor. Se continua, não terá condições de opinar. E dará ferozes risadas diante do xadrez deste movimento: um autor que não é responsável pelas próprias idéias que escreve; um romancista que não assume a paternidade dos personagens que cria; um poeta inédito que manipula vozes; um homem sem identidade e sem rosto para encarar o espelho do real; um sonho recebido no meio de uma festa. Mesmo vivo, ele não existe; não tem como provar quem é, quem foi ou quem deveria ser.

Mas o livro vive, e é isto: um vôo em pane, um salto em falso, um ego em negro. Na verdade, são vários livros, reunindo novelas, contos, poemas, rascunhos, esboços e comentários. São fragmentos de um homem, e desses fragmentos que consegui juntar nasceu este romance. Concluo que toda vida fracassada é um romance. E a vida de Aloísio Cesário foi um retumbante fracasso. Mas ainda falta o último ato, a última cena, a palavra final. A única chance de vitória que ele tem é a de encontrar um leitor que partilhe sua solidão, que o alivie das ações sem sentido, que o faça renascer dos atos inaptos, dos deslocamentos e dos deslizes, das condensações e dos lapsos, que o interne por algumas horas em sua parasita alma solidária. Só assim ele, o escritor, poderá provar um pouco da verdadeira vida. É o seu direito autoral.

Os textos, com os fios de sua meada, estão aqui. Contam a viagem de um homem que dá uma volta ao mundo e tem a imensa decepção de chegar a si mesmo. Narram a ânsia de transcendência de um jovem marginal, um empesteado impulso que empoça em paralisia. Tecem uma humanidade que serve de pasto a seres violentamente desumanos e que fica feliz em ser devorada. Enredam-se em seus transes.

    Não são textos psicografados. Não são mensagens trazidas de um plano superior por um mensageiro sábio e consciente. São canções de derrota e vitória, cantos de trabalho, pontos, partidos altos, sambas-enredos, choros, blues. Alegorias. São restos do naufrágio de um homem, que vieram dar nesta praia onde você começa a caminhar, a partir de agora.

I

O sol negro

Subiu o lance de escadas e, controlando o pânico, começou a refazer o caminho. Não procurava entender. Procurava a saída, o sol, a cidade dos ratos. E, mais do que tudo nesse mundo que não entendia, procurava acordar.

Saindo de um corredor de escuridão para outro de luz, ofuscado, seguiu em frente. Até que um forte e múltiplo abraço o envolveu. O aço de um abraço.

Viu seus pés balançando no ar, e aqueles pés no ar, por alguma razão que já não importava, o encheram de vergonha. Gritou mais uma vez e não conseguiu ouvir o som que aquele grito fazia. Mas ouviu o crepitar dos próprios ossos — o crepitar de folha seca, de lenha seca, de coisa minuciosamente esmagada. Lutou, não para escapar, sabia que era impossível, mas para saber de que morria. Não gostava de mistérios. Seu pescoço estalou como uma porta violentamente fechada pelo vento.

Gostaria de colocar você logo em contato direto com os textos de Aloísio Cesário. Mas, antes, tenho que falar um pouco de mim e explicar o próprio AC. Não dá para fazer de outro jeito. Tentarei ser breve e rasteiro.

Lá pelo fim dos anos 60 e começo dos 70, eu estava terminando antropologia. Sobrevivia dando aulas num colégio particular em São Gonçalo e num cursinho de vestibular em Niterói, à margem do Grande Rio. Política, resistência à ditadura, literatura participante, nada disso me imantava. Eu estava todo entregue ao Homem. Eu era um primitivo com um osso amarrado no pescoço.

Pensava em defender minha tese sobre a presença do negro na literatura brasileira, mais propriamente na poesia brasileira. A literatura me interessava, não como fenômeno especificamente literário, mas sim como uma determinada faceta do fenômeno cultural. Era uma compreensão da cultura negra que me interessava. Eu me colocava imediatamente diante da necessidade de pensar um problema específico: a relação entre a literatura, como forma de expressão e/ ou construção de uma realidade, e essa mesma realidade entendida como realidade social.

Enquanto buscava uma poesia negra, eu ia chafurdando na vida. Freqüentava terreiros de macumba e candomblé. Subia morros, me insinuava entre a marginália das favelas, consumindo paraísos artificiais em preto e branco. Não vou mentir vendendo que tinha uma circulação tranqüila. Eu não era facilmente assimilável. Mas eu insistia. Eu queria léguas de distância da literariedade. Não queria ficar amarrado ao pé da letra do Ser.

Naquele tempo eu morava numa pensão no Gragoatá. Tinha uma namorada negra, a Leila, que a dona da pensão não suportava e não permitia que pernoitasse por lá. Não fiz nada para reverter esse estado de preconceito explícito. Leila fazia parte do meu universo de pesquisa e compreendeu o fato de eu não mudar de pensão.

Éramos conhecidos nos bares (redutos, guetos) por assim dizer intelectuais de Niterói. Eu, branco, alto, louro, de olhos azuis, com catadura de raça dominante e nome inglês, William. Ela, negra, altura média, em luta constante contra o peso, um jeito de falar, andar e rir num ritmo contagiante. As diferenças entre nós eram tão gritantes quanto a pele, a cor dos olhos, o humor. Leila era professora de história, crítica, participante; era adepta do amor livre e fazia questão de propagar esse discurso. Via a mulher como uma escrava, independentemente da cor. Sua personalidade forte e complexa atraía e afastava as pessoas. Era sensível ao extremo, e uma palavra podia deixá-la em estado de prostração por dias seguidos. Mas ela era uma artista da convivência e escondia tudo isso como se estivesse desfilando por sua escola e não pudesse decepcionar a si nem a ninguém. Era porta-bandeira em todos os sentidos possíveis. Sofria rindo.

Apesar de seu propalado amor livre, eu era o seu único amor. Reduzia as cantadas que recebia a uma fórmula única: "Estão querendo me roubar de você; estão só querendo me ferir te ferindo."

E sorrindo, de brincadeira, a sério: "Não sei como você consegue me aturar." Ela não via futuro em nosso amor e, no fundo, estava sempre por um fio, num delicado equilíbrio consigo mesma. A questão do peso era apenas uma metáfora para esse equilíbrio instável. Mas, apesar de tudo, a gente vivia bem, ia levando. Tínhamos alguns amigos e muitos conhecidos, pertencíamos a várias tribos. Como casal, circulávamos por essas tribos causando certo escândalo e espalhando um pouco de folclore. Éramos motivo de risos, de piadas, de cumplicidades, mas jamais de indiferença.

Aloísio Cesário entrou na vida de muitas pessoas com um certo estrondo. Negro, com porte de jogador de basquete, ele aparentemente veio do nada e não tinha nenhum passado entre os membros das várias tribos em que circulávamos. Assim, ele pôde tecer impunemente a própria biografia. Dizia que tinha nascido em Angola — ou em Moçambique, Nigéria, Senegal, Congo: a idéia é que ele era um africano puro, que não tinha um passado de escravo, não era um "exilado". AC dizia que era músico e que tinha tocado com grandes nomes da música popular brasileira. Isso era verificável, e logo surgiram informações de que ele não era conhecido no meio. Até que um informante confiável declarou que ele realmente tinha feito percussão num show de Milton Nascimento e participado da gravação de um disco de Sérgio Mendes, ainda que seu nome não constasse nos créditos. O certo é que ele era um bom percussionista, enganava no violão e era um pianista bem-humorado.

Aparecia e sumia. A desculpa: viagens pelo país acompanhando X ou Y. Tornou-se nosso amigo. Dedicou um poema a Leila, porque escrevia também (na verdade, as tribos eram formadas por escritores em potencial ou em exercício secreto). Até hoje sei de cor o poema, que se chamava "Biafra":

    A áspera biafra dos teus cabelos
    me senzala áfrica.
    Não deixe que teu negro coração
    te despedace diásporas.
    Sonhe para o mar teus horizontes largos
    e tome cuidado com Rimbaud,
    o traficante de palavras,
    o mercador de escravos.

Leila dizia que o poema não era para ela, mas para mim. Naqueles tempos de desbunde e revolução, ela via em mim a possibilidade de todas as transgressões. É bem provável que ela estivesse afirmando que AC seria para mim um objeto de estudo mais rico. O certo é que ele entrou em nossa vida. Tratava Leila como irmã menor, com condescendência, queria protegê-la. Tratava a mim como um igual, um homem do mundo, um confidente, um "irmão". Me explorava, vivia me pedindo dinheiro que nunca pagava. Fazia isso com todos aqueles que tinham o crédito de serem seus amigos. Leila via tudo isso com amarga ironia. Perguntava se eu e AC já tínhamos ido para a cama. Tinha ciúmes. Não adiantava dizer que AC era um mulherengo, que as mulheres davam em cima dele como formiga no mel. Não adiantava. Leila não "ia com a fachada" de AC, os "santos deles não combinavam".

Mas AC era o que se chamava então "uma figura". Tinha sempre histórias para contar e era uma pessoa bem-educada. Sabia um francês passável e chegou a me propor aulas, oferta que aceitei imediatamente, pois legitimava suas "facadas". As aulas de francês se resumiram a algumas leituras em voz alta de poemas de Baudelaire e de "Le Cimetière marin", de Valéry. Eu pagava as lições religiosamente.

AC vendia a imagem do bobo da corte, do sujeito engraçado. E mutante, "safo". Estava sempre mudando de modas, de mulheres, de gírias, de idéias. Durante algum tempo eu cheguei a pensar que ele estava envolvido na resistência armada à ditadura militar. Entre os grupos que freqüentávamos a discussão política estava sempre em pauta e todos éramos teoricamente de esquerda. É verdade que eu não conhecia ninguém que tivesse pegado em armas. Mas o simples apoio já era uma participação. Creio que foi o próprio AC que espalhou o boato de que ele pertencia a uma das organizações da resistência, tendo participado de assaltos a banco, desapropriando os "capitalistas safados e entreguistas" e investindo na libertação do povo brasileiro. Ele manteve essa máscara por algum tempo. Notando, talvez, que essa opção terrorista dava ensejo para que algumas pessoas mais temerosas o rejeitassem (não como negro sem dinheiro, mas como "elemento perigoso"), AC desistiu de proclamar sua aventura guerrilheira.

Assim, depois de uma longa desaparição, AC passeou pelas tribos como um apaixonado romântico. A eleita era branca, loura, aristocrata. O apaixonado era correspondido. Durante alguns meses todos viveram na periferia desse escândalo amoroso. Era mais uma máscara que AC usava, e não menos constrangedora que a persona terrorista.

Prisioneiro da paixão, AC encarnou um novo personagem: o traficante. Fumo, coca, haxixe, ácido, bolinhas. Andava muito bem vestido e era generoso, mão aberta. Este personagem durou pouco. AC terminou preso em abril de 72.

Pessoas de várias tribos nos mobilizamos para tentar tirá-lo da cadeia. Fui sua testemunha. Ele não era africano. Não se chamava Aloísio Cesário. Tinha nascido em Campos (ou Itaperuna?) e fora educado por uma família rica (e branca) daquela região. Vivera em Paris e Londres durante dois anos. Conhecia Bolívia, Peru, Chile. Vivera na Bahia.

Depois de um processo nebuloso e um julgamento extremamente rápido, AC foi condenado a três anos de prisão. Ele já tinha algumas entradas na polícia por pequenos delitos (vadiagem, desacato à autoridade, ser negro às duas da madrugada...).

Visitei AC (para mim, o outro nome é que é falso) durante um ano e meio, sem faltar um dia de visita, no Instituto Penal Edgard Costa. Leila foi uma vez e não voltou: a prisão era degradante demais. Lá pelo oitavo mês, AC começou a dar sinais de desequilíbrio mental. Estavam querendo envená-lo, por isso não comia nada. No nono mês, foi agredido por um ou dois presos, tinha cortes de estilete na mão esquerda, no braço direito e um lanho longo no peito. A vida era dura, e ele era frágil. Fui obrigado a reconhecer que certos apelidos revelam a alma de uma pessoa. Já bem antes da prisão, algumas tribos tinham dado a ele o apelido de Aloísio Lelé. Eu me recusei a aceitar isso. Ainda me recuso.

Eu tinha alugado um pequeno apartamento no Edifício Riviera, na praia de Icaraí. Não sei como AC conseguiu sair da prisão nem como convenceu o feroz porteiro a deixá-lo subir. Mas lá estava ele, de bermudas, camiseta, chinelos e uma mochila nas costas. Não tinha fugido. Nem sido indultado. Contou que tinha negociado com seus carcereiros (o quê? como?) e ganhado uma pequena liberdade provisória de 20 de dezembro a 2 de janeiro.

Leila e eu improvisamos uma pequena ceia. Fomos dormir lá pelas três da madrugada, mas acordamos logo. AC gemia, gritava, chorava durante o sono. Aquele devia ser o seu carma na prisão. Não conseguimos dormir, velando o sono desesperado dele.

Lá pelas dez da manhã, AC saiu para visitar os amigos. Ficaria na casa de um e de outro até o dia 2. Tinha todos os amigos e todas as ex-mulheres (as "ex-trepadas", dizia no meu ouvido, sorrindo para Leila). Estava feliz. Não falava coisa com coisa, é verdade, mas, pensando bem, ninguém fala. E, afinal de contas, a liberdade não é essa euforia?

AC não conseguiu abrigo na casa de ninguém. Passou todos os seus dias de liberdade comigo. Leila não quis ficar, foi para a casa dos pais: avisasse quando ele fosse embora. Fui à praia com AC, mas ele não suportava os espaços abertos, talvez não quisesse acumular tanta liberdade e tanta luz sabendo que teria que voltar para uma cela superpovoada e escura. Passamos os dias dentro do meu pequeno apartamento, ouvindo discos, que ele acompanhava tocando um melancólico berimbau, batendo bongô. Éramos dois prisioneiros.

Descobri um jeito de acalmá-lo durante o sono: deitar a seu lado e abraçá-lo com todo o meu corpo. Dormia tranqüilo.

Na madrugada do dia 2 de janeiro de 74, AC acordou, se vestiu e voltou para a prisão. Não quis que eu o acompanhasse. Queria ir sozinho. Colocou as mãos nos meus ombros, olhou nos meus olhos, pensei que ia me beijar, me puxou para si e me deu uma série de ombradas, como se estivesse incorporado.

Continuei a visitá-lo na prisão. Até que começou a não me reconhecer mais. Tinha perdido a razão de vez. Não insisti. Parei de vê-lo em agosto de 74.

Só fui descobrir a face secreta de AC quase dois anos depois. Estava me mudando do apartamento de Icaraí. A mudança coincidiu com o fim do meu relacionamento com Leila. Fizemos a partilha dos nossos pertences — livros, discos, quadros, badulaques, quinquilharias — e cada um partiu para sua vida. Ela foi morar com duas amigas. Eu me mudei para um apartamento um pouco maior, em Charitas. Antes de ir embora, Leila me deu várias pastas atulhadas de folhas de papel ofício, folhas de papel almaço, cadernos.

Pertenciam a AC: ele tinha pedido a um amigo comum que me entregasse tudo, há um bom tempo. Esse amigo comum entregou as pastas a Leila. E só então ela me entregava. Não perguntei a razão da demora.

Eu tinha nas mãos a vida subterrânea, a existência clandestina de AC. Eram romances, poemas, anotações variadas, amarrados em lotes, mas numa tremenda desordem. Apenas dois textos longos e uma série de poemas estavam datilografados; o resto estava manuscrito. Esbarrei em pelo menos quatro tipos de letra, todas sem dúvida pertencentes a AC. Havia uma letra escolar, caprichada, que era evidentemente uma escrita de passar a limpo. Outras duas significavam o segundo (ou terceiro) tratamento de um material ainda não totalmente elaborado, resultando em duas caligrafias (uma febril como um terremoto psíquico; outra esotérica como uma receita médica), um pouco difíceis de ler, mas logo decifráveis. A quarta era francamente ilegível. A isso se deve acrescentar que as páginas não eram numeradas. O único meio de rastrear coerência era através das letras e dos temas tratados. Não me perdi na idéia de que Leila tinha embaralhado tudo de propósito.

Nos primeiros quinze dias esgotei o material reescrito e fiquei particularmente satisfeito.

Depois comecei a me perguntar desde quando aquele material teria estado com Leila. Será que o enlouquecimento de AC em relação a mim passava por aí? Ele deixara seu material comigo e eu não o lera, não fazia nenhuma menção a ele. Talvez AC tenha achado que eu tinha achado que nada daquilo tinha valor. Ou então que eu roubara seu material. Sua mente não estava funcionando bem, tudo era possível. Ou não era nada disso.

O melhor jeito de acender alguma luz naquela questão era tentar conversar com AC. Ele já tinha cumprido a sua pena, e na penitenciária não me deram nenhuma informação. Apenas que ele fora de lá para o sanatório de Jurujuba, que ficava a uns trezentos metros da minha nova casa. No sanatório, ninguém sabia me informar nada: AC tinha estado ali por pouco tempo e fugido na primeira oportunidade. Será que isso não fazia parte de sua estratégia? Enlouquecer para fugir? Fugir através da loucura?

Voltei aos papéis e demorei pelo menos uns três meses para colocar um pouco de ordem neles. Eu era herdeiro de ruínas e fragmentos. Não havia quase nada completo.

Alimentei a esperança de Leila ter ficado com parte do material, com a solução do quebra-cabeça. Fui à casa dela duas vezes, não estava. Encontrei-a na casa dos pais, e quase não a reconheci. Estava gorda, enorme. Disse estar bem profissionalmente, abrira uma escola com três outros sócios; me tratou com fria cortesia. Mudou radicalmente quando falei dos papéis de AC. Disse que tinha me entregado tudo, mas dava para notar que estava mentindo. Insisti. Ela foi perdendo a paciência e explodiu que tinha lido aquilo, que não havia nada ali que prestasse, só tinha coisa sem pé nem cabeça. Não importava, eu disse, eu queria assim mesmo. Ela disse que não me daria. Insisti mais uma vez. Não daria porque não tinha mais nada. Tinha tocado fogo. Devo ter dito alguma coisa dura, porque ela começou a gritar, a me chamar de vampiro, vampiro de negros, viado, viado de negros, capitão-do-mato, domingos jorge velho, e outras coisas mais. Me escorraçou a pedradas, possessa.

Durante um bom tempo chateei as pessoas que conheceram AC, em busca de depoimentos e de algum material que elas pudessem ter guardado. Consegui recolher cartas, poemas em guardanapos, rascunhos, esboços, uma fita onde AC desenvolve seus "achados machadianos" e duas outras onde se acompanha ao violão e canta poemas seus, musicados por ele mesmo. Esse material me ajudou a fechar textos incompletos e desatar inúmeros nós de interpretação.

Cheguei a pensar em editar o material de AC sem nenhum tipo de intervenção. Apenas uma introdução e os textos corridos.

Depois pensei numa intervenção mais radical: eu iria completar as lacunas dos textos e publicá-los como obras completas de AC. Uma pequena trapaça, uma fantasmagoria. Cheguei a fazer isso, mas não gostei do resultado.

Por fim, datilografei tudo e decidi publicar do jeito que está aí, correndo o risco de fazer de AC uma invenção minha. Para mim tanto faz: durante os últimos anos eu tenho sido uma invenção de AC, mergulhado até o pescoço em seu mundo de autismo autoral. Publicar é escapar dessa força de atração, romper essa casca, me livrar desse encosto.

Aqui começa a minha caminhada: de sombra a corpo, do eu ao outro, da máscara ao rosto. Com isso, espero dar a AC uma tribo de leitores, onde ele possa se sentir finalmente em casa e se incorporar naquilo que é tudo o que resta dele: palavras ditas a si mesmo na busca de uma comunhão. Este livro é o seu verdadeiro silêncio. Seu sol negro. Seu eclipse.

II

A volta ao outro

A volta ao outro é um texto de iniciação em que AC questiona sua origem e a própria noção de negritude. Trata-se de uma falsa (clandestina, egoturística, alteregoísta) viagem ao redor do mundo que se realiza como uma viagem ao redor de si mesmo, um mergulho em profundidade no próprio umbigo, a mariposa ao redor da lâmpada da linguagem. Aqui o cândido AC se canibaliza e, como não podia deixar de ser, termina por chegar a si mesmo, não sem uma grande dose de desilusão. Todo o material ficcional (poderia ser chamado mais propriamente de relatório, carta de intenções, mapeamento psíquico) se define numa deprimente tautologia: o homem é o homem e não tem saída; a vida é a vida e não tem mensagem ou sentido; o negro é o negro e não tem cura.
A volta ao outro *foi escrito antes da prisão.*

Quirino Também tinha vinte anos de idade quando decidiu que estava na hora de se assumir como negro integral. Para descobrir o que era ser negro integral, Quirino Também concluiu que tinha de fazer uma longa viagem. Antes de decidir o que já tinha decidido decidir, Quirino Também foi fazer sua cabeça. Passou por vários terreiros, colocou-se sob a tutela de vários pais e mães-de-santo. Recebeu entidades até ficar com a cabeça inchada e o corpo moído de tanta incorporação. Sentiu o que era ser mulher ao ser invadido por tantos santos.

As lições de vida que recebeu não podem ser passadas, mas ele resumiu tudo de uma forma bastante apropriada. No princípio era a escravidão. Até que Oxalá falou e disse: "Nada de se martirizar. O negro está encurralado na autenticidade: insultado, avassalado, ele se reergue, apanha a palavra *negro* que lhe atiram como uma pedra e dela faz sua morada, a morada do seu *ser*. Ele se reivindica *negro* diante do mundo. Não é a fundação de um mundo: é um reencontro com seu próprio mundo." Esse reencontro é uma descida aos infernos, disse o deus. Chega de levar a pedra até o alto do monte e ver ela rolar até a base, chega de empurrar a pedra até o pico do monte e ver ela rolar até a savana, chega de sangrar, de se esfalfar e sofrer a pedra até o topo do mundo e ver ela se lançar rodante até a planície, chega de ser pedra e ainda assim tentar ser feliz. O ritual é outro: é descer até os infernos e trazer a própria alma lazarenta brilhando como uma luz negra. É preciso vomitar a sujeição branca. É preciso dizer palavras sem sombras. É preciso dizer o mundo com uma nova lucidez: uma clareza negra.

A pólvora a bússola o vapor a eletricidade a energia nuclear: tudo isso é antinatureza. Tudo isso é antinegro. Não há contradição no negro porque nele não existe lógica. O negro é *lógos*. O negro é Logum. O negro se planta na natureza e se conquista a si mesmo. A natureza é fêmea, e o negro é macho. O negro é o macho da terra, o esperma do mundo, a grande cópula astral. E disse o deus: "O negro sai do Nada como um pênis que se ergue. A criação é um enorme e perpétuo parto: o mundo é carne e o negro é carne na carne do mundo."

Pedra. A pedra é mundo, mas o negro não poderia ser pedra. Pedra é o homem branco. O negro é ritmo. Um imenso ritmo que ondeia e mareia e flui da raiz até o fruto maduro, o vento nas ramas das estrelas. O rio de um ritmo. O riso de um ritmo.

O negro flui: não reflete. O negro não reflete: dia-a-dialetiza. O negro não é uma falha: é um ser e dever-ser, constante devir. Flui. E foge do sofrimento, dos pelourinhos, dos martírios, dos messianismos do ente doente. Que doa! Alheio às engenharias dos suplícios e ao tráfico dos abolicionismos utópicos, o negro canta. Eis o ladrão do fogo das palavras.

O negro é corpo e espírito, som e sentido: palavra. A coisa só existe quando tem um nome. Não é o nascimento que inicia o ser. É no momento em que se recebe o nome que tudo principia. Toda atividade humana, todo movimento da natureza repousa sobre a palavra, sobre o poder criador da palavra. Palavra: água e calor, semente e fruto, força e energia. A palavra libera as forças latentes dos minerais, animais e plantas. As palavras conduzem as coisas até onde elas se realizam, transformam-se em ação. Toda magia é a magia da palavra. Sem ela, as forças se paralisariam, não haveria nascimento, metamorfose, nem vida. Ser negro é pronunciar um mundo novo e sempre. Por isso o ritmo. O ritmo é a arquitetura do ser, o esqueleto do ser. Mexa o esqueleto. Chacoalhe o esqueleto. Chacoalhe. Não deixe ficar chocho. Não deixe coalhar. Chocalhe o chocalho do esqueleto. Estraçalhe. Espalhe-se, quebre livre, baile bala, leve. O ritmo é um sistema de ondas vitais. O ritmo é uma onda de choque que atinge nossos sentidos vinda das profundezas do ser. O ritmo é a palavra em estado puro. O ritmo é a noite de núpcias com a natureza.

Depois de todo esse arrazoado, Quirino Tambê sente-se preparado. Põe a sua mochila nas costas e sai Brasil adentro. Entra na Bolívia por Mato Grosso e chega ao Peru. Em Machu Picchu, ele é seqüestrado por um grupo de índios pertencentes a uma seita secreta. Suspeito de ser um emissário de forças inimigas, sofre torturas atrozes. Magro, esquelético, um peso-pena, ele é amarrado a um condor e lançado do alto dos Andes. O condor o leva pelos ares durante três dias e, finalmente, o lança no mar. Quirino Tambê é recolhido por um barco de pesca e levado para o Haiti, onde é recebido com as honras de um poderoso orixá. No Haiti, Quirino Tambê sente-se um ser de exceção, e o seu estado é de transe permanente. Até uma noite em que todos os galos do país começam a cantar delirantemente estridentes e param um minuto antes de o sol nascer.

Recuperado fisicamente, pulando de ilha em ilha, Quirino Tambê prossegue sua viagem até o México. Lá, mais uma vez, ele é raptado por uma outra seita secreta e brutalmente sacrificado. Seu coração é arrancado e devorado, mas é substituído por um coração artificial. A operação é perfeita e não deixa marcas ou seqüelas. Do umbigo até a garganta, o herói leva a tatuagem de uma serpente emplumada.

Logo depois (o tempo deixou de fazer sentido), Quirino Tambê entra nos Estados Unidos. Lá ele participa de uma grande revolta negra. Uma cidade é destruída, e milhares de brancos e negros são mortos e feridos. Quirino Tambê é preso e condenado à prisão perpétua e mais 65 anos.

Na prisão, ele cria um Comitê de Fuga através do Espírito Indomável, que consiste em sessões espíritas em que os prisioneiros podem entrar em contato com forças superiores e, em caso extremo, escapar para o mundo lá de fora, deixando atrás apenas a cápsula vazia do corpo. Uma das práticas possíveis desse método: incorporar nos guardas e possibilitar fugas individuais (um preso para cada guarda; uma fuga a cada três dias). Uma outra: possuir o diretor da prisão e decretar a soltura em massa dos membros do comitê.
O comitê acaba sendo dominado por Elijah M., Washington C. e Eugene P., três panteras negras. Quirino Tambén, o autor da idéia, é reduzido ao cargo de escrivão sem direito à palavra, anotando minuciosamente a ata das reuniões, que eram um verdadeiro diálogo de surdos.

ELIJAH M. — Não sei exatamente como a coisa funciona, quero dizer, não consigo analisar, mas sei que o homem branco fez da mulher negra o símbolo da escravidão e da mulher branca o símbolo da liberdade. Todas as vezes que abraço uma mulher negra estou abraçando a escravidão e todas as vezes que envolvo em meus braços uma mulher branca, bem, estou apertando a liberdade. Acredito que, se um líder desejasse unir os negros num bloco sólido, poderia fazê-lo facilmente. Tudo o que teria a fazer era prometer a cada homem negro uma mulher branca e a cada mulher negra um homem branco. Teria tantos seguidores que não saberia o que fazer com tanta gente. Aquele que adora a Virgem Maria cobiçará a linda loura. Aquela que anseia por ser arremessada nos braços de Jesus ficará excitada com os olhos azuis e os braços brancos do rapaz tipicamente americano.

WASHINGTON C. — Tudo é uma questão de corpo. O negro é corpo. A mecânica do mito exige que Mente e Corpo nunca se encontrem. Corpo e Mente se excluem mecânica e automaticamente. Todos os atributos negros estão centrados no corpo: vigor, força bruta, músculos, sexo. O pênis do homem negro é a chave da máquina. Mas quem comanda a máquina do corpo? O homem branco. O negro é dono do seu corpo, mas escravo da mente branca. Conclusão: o homem negro é um eunuco. E isso é sua perdição. O negro nunca atingirá o grande orgasmo entre a Mente e o Corpo. Está condenado a ejacular no vazio. O negro é um vazio que precisamos preencher. E deve ser preenchido em branco? Sem isso, continuará o negro negro e será eternamente um ser primitivo, um psicopata, um maníaco sexual, um rebelde anarquista sem causa. Ele precisa dominar o reino da mente e se tornar um negro branco.

Eugene P. — Ó minha alma! Eu me tornei um covarde medroso, um puxa-saco do corpo. Estou petrificado de orgasmos estéreis. Tornei-me escravo do corpo, esse ser caloso, cavernoso, diplomático, discente, docente, perturbador, pré-estelar, redondo, primitivo, estranho. Corpo de perdição. Corpo corpo, corpo porco, corpo sem alma! Ó minha alma, por que aceitei ser dividido? Por que aceitei ser estilhaçado em paixões fúteis? Ó minha alma platônica!

Quirino També — Foda-se Platão, se possível com Sócrates, fodam-se um ao outro! E que o corpo foda a alma porque a alma é boa pra ser fodida. E que o espírito foda a carne! E que o corpo foda a mente! E que tudo se foda!

As discussões não mudavam de tema ou tom, tendo como acréscimo descrições detalhadas das melhores trepadas de Elijah M., Washington C. e Eugene P., que eram sempre as mesmas e terminavam numa masturbação apoteótica (individual) de todos os membros do comitê, inclusive Quirino També, o escrivão.

Cansado de tanta conversa fiada, Quirino També conseguiu escapar da prisão no corpo de Bessie P., irmã de Eugene P. O corpo dela era um material de primeira e Quirino També sabia administrá-lo muito bem. Bessie P. tornou-se uma cantora de sucesso, vendendo milhões de discos em todo o planeta e escandalizando meio mundo por seu furor sexual. Mãe de um filho de pai desconhecido ("Qualquer um podia ser pai dele, mas eu não me importo com isso; tudo o que o meu filho precisa saber é que eu sou a mãe e o pai dele"), tinha sempre atrás de si uma legião de fãs fiéis a que ela chamava de minha tribo. E era uma tribo capaz de fazer qualquer sacrifício por sua rainha.

Tudo se perdeu naquele fatídico show em Paris. No meio de um dos seus sucessos, Bessie P. foi interrompida por um homem maltrapilho, de voz esganiçada e sinais evidentes de problemas mentais.

— Quero meu corpo de volta! Quero meu corpo de volta!

Era o que o homem gritava, com sua voz de taquara rachada, plantado no meio da platéia.

— Quero meu corpo de volta!

Ninguém entendeu nada. Uns aplaudiram. Alguns vaiaram. Outros repetiram com o homem, com palmas ritmadas:

— Quero meu corpo de volta! Quero meu corpo de volta!

O estranho ainda teve tempo de chegar bem perto do palco e gritar para a atônita Bessie P.:

— Quero meu corpo de volta!

Os seguranças, enfim, conseguiram agir e arrastaram o intruso para fora do recinto e o atiraram no meio da rua coberta de neve. Mas já era tarde demais. Bessie P. desmaiou no palco e, de certa forma, nunca mais voltou a si. Perdeu a voz e a personalidade, transformando-se numa desvairada caricatura de si mesma. Os chefes de sua tribo compreenderam que sua loucura era irreversível e simplesmente a abandonaram na rua da amargura, passando a administrar sua obra.

Os ritos continuaram, mas a deusa tinha morrido.

Quirino Também acaba se descobrindo em Paris com um corpo bastante sodomizado e tendo que reciclar experiências inenarráveis. Vivendo entre o terror e o desespero, mas em liberdade, ele faz de tudo para se reencontrar. Quem disse que o corpo não tem memória? O corpo de Quirino Também tem e o faz lembrar disso em cada célula, em cada neurônio. O importante é que ele está vivo e quem está vivo sempre aparece.

Quirino Também vive um bom tempo no sótão gelado de uma república de estudantes africanos. Todos o tratam como um moleque de recados, um faz-tudo, um serviçal, um escravo. Lava banheiro, lava roupa, faz compras. Quando bebe um pouco mais, Quirino Também vira saco de pancadas dos estudantes. É motivo de piada e brincadeiras de mau gosto. Na última delas, é atirado do segundo andar, caindo sobre um monte de lixo. Uma queda providencial: finalmente, Quirino Também e sua mente conseguem entrar em sintonia de novo.

Depois de recuperar sua personalidade, Quirino Também pegou um avião para a Índia. Passou duas semanas zanzando pelas ruas de Calcutá. Até que foi abordado por um iogue negro, de olhos brilhantes, cabelos lisos escorrendo piolhentos pelas costas, barba desgrenhada até os joelhos. O iogue tratou Quirino Também como um velho conhecido de outras reencarnações e disse que o levaria até o coração da Índia. Quirino Também acreditou no homem porque, embora o iogue falasse numa língua estranha, ele entendia tudo.

Os dois começaram a viagem. Depois de muitas noites frias e dias escaldantes, correram até uma aldeia em busca de abrigo contra uma tempestade. Ao chegarem lá, foram levados ao chefe. Descobriram que estavam nas mãos de uma imensa quadrilha de bandidos adoradores de um deus-serpente.

Ao verem a tatuagem de Quirino Também, se regozijaram: ele era a vítima enviada pelo deus. No entanto, o iogue conseguiu convencer o chefe de que Quirino Também era rico, sem família, e pagaria um resgate tão alto que cem vítimas poderiam ser ofertadas ao deus-serpente. Houve uma discussão acalorada entre o chefe e seus comandados, uns querendo que o sacrifício fosse realizado imediatamente e outros votando pelo resgate.

O chefe decidiu pelo resgate. O iogue, antes de partir em busca da fortuna, declarou que Quirino Também não deveria temer. O iogue falava numa língua estranha e Quirino Também percebeu que nenhum dos bandidos entendia o que ele estava dizendo.

— Não faça nenhuma besteira — disse o iogue. — Dentro de três dias haverá a conjunção da lua com as estrelas do oitavo céu. Você não deve pronunciar as palavras mágicas que fazem chover riqueza. Pronunciar as palavras mágicas só vai trazer morte e miséria.

— E quais são as palavras mágicas? — perguntou Quirino Também.

— Você sabe — disse o iogue.

Imediatamente, as palavras ressoaram dentro de Quirino Também: começavam com OM e terminavam com os nomes de todos os avatares de Krishna.

Quirino Também ficou mais tranqüilo. Mas, na tarde do terceiro dia, não havia nem sinal do iogue na distância, e os bandidos decidiram pelo sacrifício do prisioneiro. Amarraram Quirino Também a uma caçamba e começaram a descê-lo lentamente até o fundo de um poço que sibilava.

Quirino Também tremia de frio e medo à medida que a caçamba descia. O sibilar tornava-se mais alto e ele chegou a pensar que era apenas o vento, mas, a cada metro descido, sua mente forjava a imagem de um monstro imenso, de língua bifurcada, lá embaixo, à sua espera. Ele olhava para cima e se agarrava cheio de esperança à claridade que via acima da cabeça.

Sua confiança desapareceu com o cair da noite: o iogue não viria, tinha escapado com uma mentira. Ele, Quirino Também, não tinha nenhuma fortuna; logo, não haveria dinheiro para o resgate. O iogue também não era rico nem poderoso. Só lhe restava uma série de palavras mágicas.

Quirino Também começou a gritar: tinha resolvido apostar na magia. Faria tudo para sair daquele poço de loucura. Os bandidos ouviram seus gritos, e ele pediu que chamassem o chefe. Chamaram um nome — Ramapudhra? — e o chefe perguntou lá em cima, aos gritos, o que a vítima queria. O sibilar tinha se transformado num resfolegar ávido e Quirino Também gritou desesperadamente que tinha como arranjar uma fortuna incalculável, assim que a Lua chegasse ao centro do céu. Quirino Também foi envolvido por um bafo fedorento e venenoso. Pensou que sua hora havia soado e chegou a ouvir o barulho úmido de mandíbulas que se fechavam em torno de sua cintura. Mas, ao mesmo tempo, ouviu um cantar de roldanas e seu corpo foi içado até a borda do poço.

Ainda em estado de encantamento, Quirino Também se sentou no centro da aldeia e viu a lua nascer. Quando a lua alcançou o centro do céu, ele pronunciou as palavras mágicas que começavam com OM e terminavam com o nome de todos os avatares de Krishna. Em poucos instantes o céu se dobrou como uma folha, a lua se eclipsou, e a escuridão foi riscada por rastros de fogo. A planície em torno da aldeia foi sacudida por três explosões, e os bandidos se dividiram em três grupos que desabalaram na direção dos impactos.

Os três grupos voltaram carregados de ouro, diamantes, esmeraldas e pedras preciosas jamais vistas. Felizes e embriagados pela riqueza caída do céu, os bandidos dançaram e beberam. Depois eles seguiriam em direção às montanhas.

Antes de partir, Ramapudhra cortou Quirino Também em dois, com uma única e bem afiada espadada. Dividido, Quirino Também viu tudo a sua volta se dividir: meio céu, meia lua, meio mundo. Os bandidos também se dividiram: metade queria que ele fosse jogado dentro do poço. Ramapudhra convenceu a todos de que ele era um mágico forte e poderia enfeitiçar o próprio deus-serpente. Era melhor deixá-lo ali para servir de pasto ao deus-chacal.

Os bandidos começaram a desmontar a aldeia, queimando tudo o que devia ser queimado, pondo sobre animais de carga o que devia ser levado. De madrugada, uma luta mortal e silenciosa irrompeu entre os bandidos por causa da fortuna mágica. Em pouco tempo, a carnificina tinha tomado conta de tudo. Quando o sol nasceu, só encontrou dois homens diante do tesouro: Ramapudhra e seu braço direito. Os dois estavam cansados e sentaram para conversar, enquanto o sangue dos 1.500 mortos se coagulava em seus rostos, suas mãos e suas roupas.

— Vamos dividir tudo em duas partes — disse Ramapudhra.

— Vamos — disse o braço direito.

— Mas antes vamos comer um pouco. A viagem até as montanhas é longa.

— Eu não vou para as montanhas.

— Eu vou. Você vai para onde você quiser. Vamos comer. Eu faço o arroz — disse Ramapudhra.

— Eu faço — disse o braço direito.

Sem que Ramapudhra percebesse, o braço direito envenenou a comida. Ele entregou a tigela para o seu chefe, e sua cabeça não pôde ver o fim do próprio gesto: foi separada do corpo por um golpe perfeito.

— Não vou dividir esse tesouro com ninguém. Nem mesmo com o deus-serpente — disse Ramapudhra, enquanto comia o arroz. — Também não vou para as montanhas. Vou para uma cidade grande e serei...

Ramapudhra não terminou seu pensamento: caiu morto.

Era meio-dia quando o iogue chegou montado num elefante, carregando um baú cheio de jóias. O iogue passeou pela aldeia e contou 1.502 mortos. Ao chegar diante do dividido Quirino Também, lembrou suavemente que ele não deveria ter pronunciado as palavras mágicas. Agora, havia mais de 1.500 vidas entre Quirino Também e o nirvana.

Meio a contragosto, o iogue juntou as duas partes de Quirino Também. Depois jogou todas as jóias, inclusive as que trouxera, dentro do poço. A seguir, sem dizer uma palavra, montou no elefante e, sem piar um som durante um mês, levou Quirino Também até o Grande Sábio, um homem de mais de duzentos anos e que parecia, sentado num cômodo escuro do *ashram*, uma árvore humana.

Diante dele, Quirino Também falou durante seis dias seguidos numa língua que não conhecia. Falou seis dias sem descanso, sem dormir, sem comer, sem cansar. O Grande Sábio ouvia e a cada palavra parecia remoçar, até que começou a brilhar e se transformou em pura luz.

Assim que pronunciou as últimas sílabas indecifráveis, Quirino Também caiu em sono profundo. Quando acordou (um dia ou uma vida depois), o iogue apontou uma direção e pediu que ele se fosse. Como todo mensageiro, Quirino Também nunca soube o sentido de sua mensagem.

Da Índia, Quirino Também vai para a China, percorrendo o país inteiro com um circo estatal. Ele participa do espetáculo fazendo o papel de rei negro de um reino distante. É o maior sucesso entre as crianças, que o cercam de espanto diante da magia de sua pele feita de noite e carvão.

Até que as plantações de arroz são destruídas por nuvens intermináveis de pardais e a fome toma conta de tudo. Quirino Também e três acrobatas atravessam desertos e campos devastados até chegarem a Xangai, onde se separam. Quirino Também acaba sendo acolhido pela dona de um restaurante, que faz dele um cozinheiro especialista em ninhos de andorinha, em rato e cachorro, aos quais ele acrescenta carne de gato no espeto. Depois de um mês de trabalho duro, Quirino Também descobre que é um prisioneiro.

Quase um ano depois, um providencial incêndio no restaurante o liberta. Depois de vagar pelas ruas da grande cidade, ele reencontra os amigos acrobatas e consegue fugir para o Vietnã, onde é feito prisioneiro de guerra. Consegue provar que não é americano e vai para a Coréia do Norte, de onde embarca num navio australiano para o Japão, onde, em Tóquio, é contratado como especialista em percussão brasileira de uma grande gravadora. É no Japão que ele tem notícia da morte de Bessie P., por overdose, e sente que alguma coisa morre dentro dele. Logo a seguir é a vez da morte do filho de Bessie P., sufocado dentro de um imenso guarda-roupa onde tinha se escondido ninguém sabe de que ameaça nem de qual perseguidor.

Quirino Também decide voltar ao Brasil a bordo de um baleeiro japonês, onde é maltratado e mais uma vez reduzido à escravidão.

É obrigado a servir a toda a tripulação como homem e mulher. Faz tudo o que lhe pedem e só exige que o deixem no Brasil. Em Buenos Aires, ele é transferido para um atuneiro espanhol que o deixa na Cidade do Cabo, na África do Sul.

Já que estava nas terras de seus ancestrais, Quirino Também decidiu percorrer toda a África, do cabo da Boa Esperança até o Mediterrâneo. Ele fez sua travessia de trem, de jipe, de barco, de avião, a pé. Uma boa parte da caminhada foi feita como prisioneiro de um bando de trinta mercenários brancos, o qual se chamava No Bwana No e tinha como missão espiritual exterminar negros e rinocerontes. Quirino Também era o lavador de roupas e o bobo do grupo.

Depois de quase um ano de atrocidades insanas, o No Bwana No acabou com um casamento que reunia trezentas pessoas e um padre cristão. Os noivos e os convidados foram trucidados com a competência de sempre: as mulheres estupradas e esganadas diante dos homens em círculo; depois, os homens decapitados; a seguir, as crianças estripadas como porcos. O padre e os coroinhas foram crucificados.

Depois do massacre, o No Bwana No sentou a uma imensa mesa de banquete, armada em plena savana, e bebeu e comeu. Uma hora depois, o No Bwana No foi vítima de uma monumental caganeira. Desesperados, aos peidos, cagados, eles se desarranjavam aos gritos. Quirino Também cortou a grande toalha que forrava a mesa para limpar os cus-de-judas do No Bwana No, mas o material acabou em pouco tempo. Os gritos e o fedor atraíram a atenção de uma manada de elefantes. Enfurecidos com aquele quadro dantesco, os elefantes avançaram sobre os seres peidantes dando-lhes violentas trombadas. Feito isso, começaram a pisotear aquelas peidantes criaturas que se arrastavam fedorentas e inúteis, maculando tudo ao redor. No final, enfiaram suas presas no que restou da papa do que um dia foi o No Bwana No.

Quirino Também foi o único que conseguiu escapar dos elefantes e da diarréia. Andou semanas seguidas por um mundo que era um imenso pesadelo. Malária, febre amarela, sede e sol — era tudo o que ele conseguia ver. E, no dia em que entrou num kraal com todas as mulheres, crianças e jovens chacinados, descobriu o ódio tribal. Sim, havia todos os tipos de ódio, ódio em toda parte. Ódio de negros contra brancos, de brancos contra negros, e o pior de todos os ódios, o ódio de negros contra negros. A África era um imenso ódio tribal.

Mas não era só isso. Quirino També chegou a uma cidade e nada mudou. A miséria do interior trazia milhares de negros para o litoral. Famintos, eles se transformavam em escravos da necessidade. O sol era uma inconsciência, um imenso lago de luz incandescente cobrindo tudo. Debaixo de um teto de zinco quente, o corpo era esmagado por dez mil quilos de sol. Debaixo das palmeiras, agonizava-se em sestas maláricas. Todo o ar era uma angústia reluzente e tudo era sol a sol, assassinatos de sol, sóis assassinos.

A África só existia à noite. Uma rasante noite martelada por gongos estava em toda parte. A noite toda corroída por cantos estrangulados e incoerentes como o soluço. A grande noite da África batia seus punhos cerrados nas portas do inferno, e a África ressoava como um imenso tambor satânico.

Não havia caminhos na África: só destino. Ninguém se perdia. E, caso fosse possível se perder, bastava sentar no meio do espaço infinito e esperar que alguma coisa acontecesse. E alguma coisa sempre acontecia. A África até podia não ser um inferno, mas certamente era um céu saqueado. Não havia anjos nem sinais de Deus. Tudo era acaso e sorte, azar e caos.

Na cidade, ele se juntou a uma missão antropológica comandada por um alemão e um francês, patrocinados por uma fundação norte-americana. Quirino També era responsável pelas roupas e a higiene pessoal deles.

Foi então que, com efeito retardado, a diarréia No Bwana No atacou seu corpo. Na verdade, a passagem de Quirino També pela terra de seus ancestrais não foi o encontro de uma vontade alienada com uma consciência. Foi uma diarréia contínua e traiçoeira, que o impediu de entrar em contato com as savanas, os lagos, os desertos, os homens.

Numa noite, dissolvendo-se atrás de uns arbustos, acrescentando a seu estado quase líquido o medo de ser atacado por hienas, leões e elefantes, Quirino També ouviu o debate filosófico entre o francês e o alemão.

— A diarréia é o fator que medeia entre o homem e a natureza — disse o francês. — É o esforço do homem para regular seu metabolismo com a natureza. A diarréia é a expressão da vida humana e através dela se altera a relação do homem com a natureza. Por isso, através da diarréia, o homem transforma a si mesmo.

— Discordo totalmente — disse o alemão. — Não é a consciência dos homens que determina sua diarréia, mas, pelo contrário, sua diarréia é que lhes determina a consciência.

— Vamos por partes — cortou o francês. — A diarréia é, em primeiro lugar, um processo de que participa o homem e a natureza, e no qual o homem espontaneamente inicia, regula e controla as relações materiais entre si próprio e a natureza. Ele, o homem, se opõe à natureza como uma de suas próprias forças, pondo em movimento braços e pernas, as forças naturais de seu corpo, a fim de apropriar-se das produções da natureza de forma ajustada às próprias necessidades. Pois, atuando assim sobre o mundo exterior e modificando-o, ele modifica sua própria natureza. Ele, o homem, desenvolve seus poderes inativos e compele-os a agir em obediência à sua própria autoridade.

— Mas tudo isso é absolutamente em vão — interpelou o alemão. — A diarréia aliena o homem. A natureza é o corpo inorgânico do homem. Dizer que o homem vive da natureza significa que a natureza é o corpo dele, com o qual deve manter-se em contínuo intercâmbio a fim de não morrer. A afirmação de que a vida física e mental do homem e a natureza são interdependentes simplesmente significa que a natureza depende de si mesma, pois o homem é parte dela. A diarréia animaliza o homem. O animal identifica-se com sua atividade vital. Não distingue a atividade de si mesmo. Ele é sua atividade. O homem, porém, faz de sua atividade vital um objeto de sua vontade e consciência. Tem uma atividade vital consciente. Ela não é uma prescrição com a qual ele esteja plenamente identificado.

— Eu posso até concordar com esse ponto de vista — pigarreou o francês. — A atividade vital consciente distingue o homem dos animais, cuja atividade é apenas vital. Só por isso o homem pode se projetar em sua liberdade. Mas a diarréia inverte essa relação, pois o homem, sendo um ser autoconsciente, faz de sua atividade vital, de seu ser, unicamente um meio para a sua existência. A construção prática de um mundo objetivo, a manipulação da natureza inorgânica, é a confirmação do homem como ser humano. Mas a diarréia degrada o homem a uma suja animalidade.

— A uma fedorenta animalidade — acrescentou o alemão. — Um ser não se encara a si mesmo como independente a menos que seja seu próprio senhor, e ele só é seu próprio senhor quando deve sua existência a si mesmo. Um homem que vive atrelado a sua diarréia é um escravo de sua animalidade e de sua alienação.

"Tudo o que eu quero é ter um papel, só um pedaço de papel nessa história", pensou Quirino Também. Para ele, aquele diálogo, numa noite de leões, hienas e elefantes, ficou marcado como a história de sua passagem pela África.

A diarréia somente abandona Quirino Também à sombra das pirâmides, no Egito. Assim, ele consegue viajar inteiro até Tânger, onde arranja emprego como camareiro num transatlântico e desembarca em Salvador. A grande revelação, o seu satori *vai acontecer em seu próprio país.*

Foi em Arembepe que Quirino Também encontrou Pierre Mbala e Janime Touré. Pierre e Janime não eram amantes. Bem mais que isso: eram companheiros de infortúnio. Receberam Quirino Também como se fosse um conhecido de muitos anos atrás. Na verdade, os três já tinham se encontrado em Paris, numa república de estudantes africanos, só que nenhum deles se lembrava disso. Pierre exibia um porte majestoso de rei zulu. Janime era dona da gazela elegância de uma rainha. Quirino Também parecia um velho com mania de jovem ou um jovem com gestos de ancião. Os três passavam os dias ao sol, fumando maconha, cheirando de vez em quando, bebendo sempre. Pierre e Janime olhavam para o mar: do outro lado, logo ali, estava a África. Quirino Também olhava para dentro e não via nada.

Aos poucos, depois de muitas conversas soltas e infindáveis, Quirino Também teve uma idéia esquemática dos infortúnios de seus amigos. Os dois não cansavam de repetir que eram vítimas da África.

Pierre Mbala era médico, formado na França e com estágio em vários hospitais de Paris. Especialista em medicina tropical, seu grande objetivo era colocar o seu saber a serviço de seu povo. Queria ver seu povo saudável e independente.

Quando a independência chegou, Pierre retornou a seu país. Sua tribo era forte, e lhe foi oferecido um cargo político no novo governo. Ele quis um cargo técnico e se viu guindado a uma espécie de todo-poderoso ministro da Saúde.

Percorreu o país inteiro e percebeu que a expulsão dos médicos brancos tinha sido um péssimo negócio. Ele teve que reorganizar todo o sistema de saúde a partir do nada. A doença do sono, a tuberculose, a febre amarela, a lepra e todas as espécies possíveis de doenças minavam seu povo.

Até mesmo dentro do corpo de funcionários que ele procurava criar havia doenças em forma de tolas disputas. Os "médicos africanos" (formados na Escola de Medicina de Dacar) queriam a equivalência com os médicos formados na Europa, e todos queriam ficar nas cidades, mais propriamente na capital. Ninguém queria ir para a selva, para o mato, para a África ancestral. A isso se acrescentava a concorrência dos "médicos populares", em outras palavras, dos curandeiros e feiticeiros.

— Continuei minha peregrinação de aldeia em aldeia — contou Pierre. — Estava procurando conscientizar os chefes da necessidade de se modernizar o país, e isso deveria começar com a adoção das práticas da medicina ocidental. Mas percebi que a África continuava imutável. Tive certeza disso no dia em que conversei com um chefe tribal esclarecido. Ele me disse: "Meu filho estuda medicina em Paris. Veio aqui de férias e ficou doente. A medicina branca não conseguiu dar jeito na doença. Pensei que ia morrer. Foi então que veio Gongoro, o curandeiro, e conseguiu trazer meu filho de volta à vida." A partir daí, cansei de ouvir argumentos iguais a esse. Parecia uma orquestração premeditada, mas era uma coisa natural.

Pierre deu um longo suspiro, e Janime serviu mais uma rodada de cerveja e cachaça.

— Mas existiam outros argumentos — continuou Pierre. — Numa aldeia, um chefe me disse, com um sorriso de tio mais velho: "Você conhece muito pouco o seu país, meu filho. Você passou tempo demais na Europa. Você devia ser mais humilde e deixar de ser um negro caiado de branco."

No dia em que ouviu as mesmas palavras na voz do próprio presidente, na frente de todo o Ministério, Pierre Mbala sentiu que o mundo fugia debaixo dos seus pés.

Numa tentativa de salvar seu sonho, Pierre organiza uma grande conferência, da qual participariam todos os médicos formados ("africanos" e europeus) e todos os curandeiros do país. Temendo uma armadilha, os curandeiros não comparecem. Pierre sente o poder deles ao ser defenestrado do cargo de ministro da Saúde e indicado para chefe do Serviço Nacional de Endemias e Parasitoses. No fundo, ele continua ministro, só que a articulação política passa para um especialista... em África.

Humilhado, mas não vencido, Pierre decide visitar Gongoro, o curandeiro, o verdadeiro ministro da Saúde.

Gongoro morava numa aldeia que não passava de uma construção européia cercada por setenta ou oitenta cabanas feitas de barro, bambu e sapé. O curandeiro morava na casa européia com suas sete mulheres e mais de vinte filhos. As cabanas eram enfermarias onde ficavam os doentes e as famílias dos doentes. Muitos ficavam ali porque sabiam que iam demorar a se curar. Outros já estavam curados e tinham medo de que a doença voltasse se saíssem de perto do curandeiro. Todos pagavam com o que podiam: dinheiro, galinhas, peixes, trabalho.

Gongoro era um negro alto, forte e de um bom humor contagiante. Aos sessenta anos, era um verdadeiro milagre da natureza. Aproveitou a oportunidade para demonstrar suas técnicas a Pierre.

— Gongoro curava os loucos através da confissão pública — disse Pierre, voltando no tempo. — Ele reunia todo o povo, os sãos e os doentes, no centro da aldeia e fazia com que eles despejassem sobre a assistência todos os pensamentos sujos que estavam adoecendo o seu corpo e a sua alma. "Eles cospem o diabo", disse Gongoro, durante a apresentação.

Depois de curados, os pacientes eram obrigados a abandonar os seus amuletos e fetiches.

— Gongoro me mostrou duas cabanas cheias até o teto de objetos de feitiçaria. "Eles deixam isso aqui e eu exijo que eles saiam para procurar um padre", ele me disse, abrindo o seu largo sorriso. Perguntei-lhe se isso não contradizia a sua prática e dava força à concorrência. "Não tenho concorrência", ele me olhou com um olhar de lástima. Só faltou dizer que eu não estava entendendo nada — Pierre sacudiu a cabeça e deu mais um longo suspiro. — E eu não estava entendendo nada. Gongoro falava seu francês africano e era fluente nos dialetos locais. Toda a confissão pública tinha sido em dialeto. Ele estava dentro do povo como um peixe dentro d'água. Eu só sabia uma língua: o francês.

Um homem veio entregar um telegrama a Gongoro, que o leu com grande prazer e o estendeu a Pierre.

— Era um cineasta famoso, que pedia para filmar o dia-a-dia de Gongoro. "Eles estão sempre vindo aqui me filmar", disse, sem esconder a vaidade. Ele despachou o homem e meteu o dedo na minha ferida: "Esse aí era louco. Não sabia mais se era francês ou africano. Alternava períodos de mudez e depressão com hiperatividade e loquacidade de político. Exigi que esquecesse o francês e falasse apenas o dialeto. Exigi que esquecesse a língua do branco. E ele ficou bom. Eu escolhi a África por ele", disse Gongoro, e concluiu: "Se você não dá a alguém a tranqüilidade de alma, não vai conseguir a saúde da mente e do corpo." Naquele instante, tudo o que pensei foi o seguinte: eu não poderia ser curado. Eu só sabia o francês e esquecer o francês era me condenar a ficar vazio, evacuado, em estado de sítio, me condenar à loucura.

A sétima esposa de Gongoro tinha dezoito anos e era uma delícia de menina. Com o filho de quatro meses às costas, ela serviu uísque para Pierre e para o marido. Alguns uísques depois, Pierre se despediu.

— Gongoro me levou até a entrada da aldeia e, com um abraço paternal, me disse: "Você é contra o atraso e a superstição. Eu também sou. Estamos do mesmo lado. Nós podemos trabalhar em equipe. Eu cuido daqueles que sofrem de doenças africanas, e você cuida daqueles que precisam dos remédios dos brancos. Que tal?" Respondi que iria pensar, mas sabia que estava vencido.

Pierre descobre, depois do encontro com Gongoro, que sempre será um estrangeiro. Mesmo que aprendesse os dialetos de seus pacientes, falaria com o sotaque de um estrangeiro. Logo depois, ele é chamado por sua tribo: querem que ele assuma de vez o Ministério da Saúde e coloque transparência em suas ações, já que um médico africano de outra etnia está se assanhando para conquistar seu posto.

Com o auxílio de Gongoro, Pierre consegue desenvolver um bom programa nacional de saúde. Tenta africanizar-se: tem três mulheres, sete filhos, mas lá no fundo alguma coisa resiste. A morte de Gongoro (infarto do miocárdio) é o sinal de que tudo começa a desabar. Tomado de profunda depressão, Pierre vai buscar a cura em Paris, sozinho. Mas não consegue ficar por lá, lendo e relendo Mallarmé e Valéry. Foge para o Brasil. Está na Bahia tomando coragem para voltar a seu país, onde a possibilidade de uma guerra civil é cada dia mais iminente.

Janime Touré tinha sido educada em seu país por freiras francesas. Com dezessete anos, fora para Paris estudar direito. Com 21 anos, era uma bela jovem francesa, mas negra.

— Meu pai era rico. Tinha plantações de milho, inhame e mandioca. Ele tinha cinco mulheres e treze filhos. Sabia ler e escrever. Era islamizado, mas com idéias avançadas. Agora está velho. Eu adorava meu pai. Adoro meu pai. Ele não deixou que nenhuma de suas filhas tivesse o clitóris extirpado. Foi por isso que ele me colocou num colégio de freiras.

Os infortúnios de Janime tinham começado lá mesmo na África.

— Antes de entrar na escola, eu era uma menina prendada. Sabia cozinhar, pegar água sem derramar uma gota, carregar criança nas costas, enfim, sabia fazer tudo o que uma menina africana faz numa aldeia. Quando entrei na escola, descobri que não sabia absolutamente nada. E, ao voltar da escola para a aldeia, descobri que tudo o que tinha aprendido não me servia para coisa alguma.

Janime Touré volta para seu país logo depois da independência. Fez estudos brilhantes e, como sua tribo é forte, tem lugar garantido na nova administração. Na França, ela aprendeu que o indivíduo é o sujeito de sua própria história e deve lutar para desenvolver sua personalidade até o limite. Como mulher, tudo o que ela quer é um homem só para ela e, com ele, construir uma família no estilo europeu. Por isso, Janime não aceita de forma nenhuma a poligamia. Nem passa por sua cabeça dividir seu homem com três ou quatro mulheres que vão infernizar a vida de seus filhos.

Graças a seus dotes e a seus diplomas (além da influência de sua tribo), Janime ganha uma Secretaria especial para ela.

— Eu era uma espécie de ministra da Mulher. A grande secretária especial da Mulher Africana. Aos poucos, me transformei numa personalidade nacional, fazendo turnês pelo país, criando organizações femininas, escrevendo em jornais. Ganhei até um programa de rádio. Os homens me admiravam e diziam: "Muito bom o seu trabalho. Ele é a base para a emancipação da mulher." E as mulheres me incentivavam: "Queríamos ser como você. Um dia vamos ser como você. Mas agora ainda não podemos." Homens e mulheres mentiam para mim. Eles não queriam a mulher emancipada: queriam a mulher tribal. Elas não admitiam a independência da mulher educada na Europa e se aliavam contra as mulheres letradas, as estrangeiras. Todos eles queriam ser polígamos, mesmo os "europeus". Todas elas queriam seguir os costumes ancestrais. Eu tinha caído numa armadilha.

A certeza de que estava enredada numa teia indestrutível aconteceu numa visita de Janime ao seu velho pai. No meio da tradicional família africana, vendo a disputa das mulheres entre si e os velhos ódios adormecidos, descobriu que não teria mais condições de ser uma africana. Também não seria européia, já que a Europa era apenas a rama da árvore e a raiz já estava morta. Nem Europa nem África: tinha perdido o jogo. Foi então que decidiu abandonar tudo e voltar para a França. Lá reencontrou-se com Pierre e, quando Paris começou a se tornar insuportável, os dois vieram para o Brasil. Eles não se amam. A questão deles não é o amor. O problema deles é a África e vão ser devorados por esse enorme banzo.

Com Pierre e Janime, Quirino Também entende a mensagem secreta que tinha lhe escapado durante toda a sua viagem: ser negro é uma missão impossível. Mais ainda: ser humano é uma impossibilidade. O homem é queda e perda. E não há retorno ao país natal.

Ele tinha procurado ver o lado oculto de si mesmo. Tinha viajado. "O bom de uma viagem é que, aonde quer que você vá, acaba sempre chegando a si mesmo. Só que bem outro."

III

O primeiro dia do ano da peste

Uma parte de O primeiro dia do ano da peste *foi escrita a máquina, num jato (uma ou duas semanas), como se fosse uma tentativa de espelho e desabafo. Uma outra parte foi escrita na cadeia, algum tempo depois, numa caligrafia alucinada. O título original era "Biafra", que me pareceu datado demais, além de já estar ligado a um poema que fazia parte de minha vida. Não forcei a mão para tornar o texto profético ou antecipatório. Tudo apenas está lá: seu limite, seu vômito, seu transbordamento de sentidos. De qualquer forma, a ânsia visionária pode não ser a principal leitura do texto, mas ela está presente em toda a obra de AC. Reduzir* O primeiro dia do ano da peste *a um registro inflacionado de um eu bandido seria empobrecer uma tentativa de transcendência que, por ser humana, é o melhor de todos nós.*

1

— O que vai beber, irmão?
— Não sou teu irmão.
— Modo de falar. Vai o quê?
— Uma cerveja.
Não gosto de crioulo atrás de balcão. Não gosto de crioulo. Escravo não tem direito de chamar ninguém de irmão.
— Bem gelada, escravo.
— Você também é escravo.
— Não gosto de crioulo escravo.

— Então não olha no espelho.

Eles têm a resposta na ponta da língua. E como é rápido o bote da língua dos escravos. Mas é só língua.

— Lava esse copo direito e fecha a matraca.

— Você tem pinta de patrão, mas a cor não ajuda.

— Pedi uma cerveja, não pedi papo.

O crioulo bate a cerveja no balcão. Meia dúzia de babacas afiam as orelhas. Eles gostam de briga de crioulos. De boxe e briga de galos. A cerveja está morna. Não reclamo. Peço uma cachaça. O crioulo serve de beiço levantado, feio que nem desprezo. Não vou com crioulo feio. O chato é que estou a fim de ficar bêbado. Então vamos. Tudo bem.

Os babacas bebem e falam. Falam mijo. Peço outra cachaça. Pago e deixo o troco.

— Uma esmola.

— Onde foi o assalto?

Elas por elas. Eu rio. Ele ri. Crioulos se entendem. Aonde ir? Rua abaixo. Pego um ônibus. Preciso descolar um carango. Salto em frente ao Rosaflor. Nome idiota. Sabia que ia terminar por aqui. Não estou imprevisível. Não estou eu. Deixo pra me agoniar com isso amanhã. Carros e motocicletas na porta do Rosaflor.

— Chegou quem faltava, pessoal!

Eles pensam que me conhecem. Nem eu mesmo sou tão perfeito. Deixo que eles me toquem, me olhem, me sintam, me sentem. Hoje por via das dúvidas não me conheço. Música alta, muita fumaça, é o que me basta pra ficar invisível.

— Chega mais.

Chego mais. Filhinhos e filhinhas de papai brincando de estar numa boa. Eles não se garantem. Quase todos já estiveram presos por algumas horas e foram soltos pelos cheques dos pais. Curtiram sanatórios e clínicas e voltaram pra contar a aventura. O caso é curtir. Curtam. Estão numa boa. Não se respeitam. Música a todo vapor, som, e falam. Eles também falam demais.

— Tem uma coca muito boa por aí.

— Tem?

— Chegou uma partida de lança da Argentina. Aquele cara do Fluminense que trouxe.

— Quem?

— Aquele jogador. Como é o nome dele?

— Sei lá. Não me ligo em futebol. É amigo do Flavinho.

— Isso aí. O Flavinho é que está sacando. Flavinho!
— Deixa pra lá.
As meninas rebolam ao som da música. Dançam como quem não sabe nadar. Ou trepar. Estou estranho. Os garotões vão no embalo, cabelos compridos, blusões de couro, algumas barbas. Não amo. Nem a elas, nem a eles, e isso não chega a ser um inferno. Me desconheço neles. Devia ter me acostumado com a idéia de ser um ou outro crioulo no meio de brancos. Eles que se entendam. O caso é que eles também não se entendem.

Lígia me olha da mesa do fundo. Morena, olhos verdes, o pai dela é dono de metade da cidade. Os cabelos de reco, corre a fama de ela ser sapatão. Maldade, talvez. O fato de ela não trepar com ninguém não quer dizer que ela goste de menininhas. Gosta de mim. O fato de alguém gostar de mim do jeito que ela me olha me deixa estranho. Mais estranho do que estou. Tem o perigo de estar inventando, mas, se ela for sapatão como sou negro, está aí uma boa razão pro agarramento que ela tem comigo. Lígia me olha e me acena. Aceno de volta e meto a cara no primeiro copo que aparece. Não gosto de crioulo serviçal, de bicha, e sapatão não é o meu forte. Ou fraco. Estou estranho e começo a ficar bêbado.

Lá vem ela. De longe, ondulante, cintura fina, não me lembro de tê-la visto dentro de outra coisa que não fosse um longo.
— Tudo bem?
— Tudo bem.
— Aborrecido?
— Não.
— Zangado?
— Também não.

Ela faz uma careta de menina, sacode a cabeça, perde o equilíbrio em cima dos tamancões altos e segura no meu ombro. Seguro na cintura dela. Está bêbada. É a única mulher que eu conheço que sabe ficar melhor do que é depois de bêbada. Senta a meu lado, sua coxa na minha. Ondulante. Onda em todos os sentidos. Acho que nem mesmo ela sabe quando começou a me envolver. Estou bêbado.

Bebo mais.
— Você está tenso demais.
— É o meu magnetismo. E hoje estou estrangeiro.
— Todos somos estrangeiros.

— Selvagens. Hoje estou selvagem.
— Estou vendo. Bandolo! Kreen-akarore!

Ela passa os dedos distraídos pelo meu rosto. Um novo animal começou em mim. Estou bêbado.

Lígia pega minha mão e eu me levanto. Vontade de vomitar. O novo animal em mim quer ser vomitado. Trinco os dentes, e o animal fica entalado na garganta. Depois desce. Estou outro bêbado estranho novo animal. Você não me conhece. Todos somos estrangeiros. Falam e dançam, falam, falam, falam.

A voz de Lígia é rouca feito um blues. Fecho os olhos. Palavras. Abro os olhos. Eles dançam. Bebo mais. Beto entra acompanhado pelo Doutor, Elias e Moela. O Doutor é bicha — de classe, mas é bicha. Elias e Moela vivem grudados, como irmãos siameses. Apesar de tudo, estou salvo.

— Oi, pessoal.
— Oi.
— Atrapalhamos alguma coisa?
— Não.

Eles se abancam. Se conhecem. Beto encosta o violão contra a parede, com cuidado. Está sempre com o violão. Aperto a mão do Doutor, mole, quente e fina, feito a boca dele, dela, vermelha, mole. Bato a cabeça pra Elias e Moela.

Me calo. Não quero, não tenho nada que falar. Olho. Gosto do Beto. É manso, fala pouco, os cabelos caindo sobre os olhos e a mania de se apaixonar uma vez por semana. Pra quem é parado em música, sentimento deve valer alguma coisa. Bebo. Olho. Fecho os olhos. A música. O Doutor e Lígia conversam. Eles sempre conversam. O Doutor fala francês, é viajado, funcionário de estatal, por aí. Bicha que não é inteligente já nasce morta, ele repete sempre. Está vivo, viva, deve ser inteligente. Bebo. Conversam. Lígia fala inglês, acho que fala, fez cursinho e largou pela metade, ou não. Sabe todas as músicas dos Beatles. Que importa? Não quero conhecer ninguém.

Lígia se volta pra Beto.
— Já ouviu o novo disco do Chico?
— Ainda não.
— Precisa.
— A grana anda meio por baixo. O velho cortou minha mesada.
— Que horror!
— Quer que eu trabalhe com ele.

— Você não vai fazer uma loucura dessas, vai?
— Não. Mas eu me viro.
— Te dou o Chico de presente.
— Legal.
Lígia adora dar presentes. Um garotão e uma cocota se chegam, pedem a viola emprestada.
— Com essa zoeira toda?
— A gente toca lá fora.
— Lá fora, não.
Beto tem ciúmes da viola dele. Até mesmo da menina dos outros. Apaixonado total. Lígia se levanta e vai até o balcão falar com o Mário, o dono. Falam e riem. A careca precoce do Mário fica vermelha. E abre e fecha a registradora, abre e fecha, os olhos parados em Lígia. Ele está parado em Lígia. Ela sabe e usa, tem crédito, e abusa. Lígia volta. O som é desligado.
— Fica melhor assim.
No silêncio todo mundo se desprotege. Interrogatório. Então falam, falam, falam.
Beto afina a viola. O show é dele. Gosta de se perder tocando, fica mais velho, mais criança.
— Aí, não. Mais pro meio.
Juntam as mesas, fazem um círculo. Bebo. Não estou de grupinho. Fico onde estou. Eles cantam. É um pouco melhor do que quando eles falam. Fecho os olhos. Dormir talvez. A voz de Lígia entre as outras vozes. A voz de Beto. Os dois sabem músicas que ninguém sabe ou sabe só pela metade. Criados juntos. Aqui todo mundo foi criado junto. As costas contra a parede, penso agora que nunca vou saber onde estou. Bebo.
Me levanto. Entro no banheiro. O cheiro de maconha e o fedor de mijo. Queimar fumo dentro de banheiro é coisa de filhinho de papai. Eles fazem tudo no banheiro. Não é hora de pensar. Me esvazio. As vozes através das paredes. Preso. Gaiola.
Deixo o dinheiro sobre a mesa e vou tirando o corpo fora. Lígia sentada abraça minha perna. Eu, de pé, cato piolho na cabeça dela. Cafuné.
— Estou tirando o corpo fora.
— Já? É cedo.
— Pra mim, não.
— Te levo em casa.
— Não precisa.

— Deixa terminar essa música.
— Te espero lá fora.
— Faz mais. Tá gostoso.
Cafuné. A música termina. Começa outra. Vozes.
— Vamos.
O ar da madrugada. Silêncio e luzes. Respiro neblina.
Lígia volta com dois garotões, uma cocota, mais o Doutor.
Lígia se finge três copos mais bêbada e erra a fechadura do fusca. Azul. Erra de novo. O fusca de Lígia. Rimos. É público, como ela diz. Presentes.
— Vamos lá, minha gente. Espremendo dá.
— Eu vou no colo de quem?
O Doutor está alegrinho. O fusca ronca e vai, pesadão, besouro. Um dos garotões acende um baseado. Jererê. Lígia liga o rádio. Música.
— Vai?
O Doutor diz que não com a cabeça e as mãos. Ele é mais velho que a gente há algum tempo.
— Um pauzinho só.
— Não. Eu sou bicha e careta. Mais bicha do que careta.
— Vai?
Vou. O tapete rolante do asfalto. Os olhos esbugalhados das luzes públicas. Luas de néon. Passo o baseado pra Lígia. No banco de trás a cocota morre de rir. Uma risada de vidro que não pára de quebrar e o som vem debaixo d'água. Os garotões riem também, ao fundo. Eles riem, com ou sem motivo eles riem. Sem razão. Anúncios luminosos.
A mão do Doutor no meu ombro. Olho pra ele. Não sei o que ele vê, talvez nojo, e tira as mãos grandes e azuladas como se tivesse tocado em ferro em brasa. Solta uma gargalhada silenciosa, a cabeça fora da janela. Nojo.
— Machão.
Não ligo. Perder tempo discutindo com bicha. Música.
— Ma-chão.
O baseado passa outra vez. No banco de trás falam e falam. Assuntos. Lígia me olha. Ela é doce.
— Tem algum programa pro fim de semana?
— Não.
— Então vamos a Saquarema.
— Que é que tem lá?

— O festival de surfe.
— Surfe?
— Só pra curtir. Vamos lá. Isso aqui sufoca a gente.
— Vou ver.
— Vai ou não vai?
— Vou ver.
— Amanhã você pinta no Rosaflor?
— Pinto.
— Então tá. Amanhã a gente conversa.

Música. Falam e falam. O fusca sai do asfalto e entra aos saltos na rua poeirenta. Meu fim de mundo é o de muita gente. Fecho os olhos. O que vai pela minha cabeça? Álcool, miolos e fumo.

— Vou.
— O quê?
— Vou a Saquarema.
— Que bom.

Lígia assobia e faz o carro dançar.

— Estou contente.

Estou onde estou. O carro pára. O Doutor salta e eu saio. Dou a volta.

— Sábado às oito passo aqui pra te apanhar.
— Tudo bem.
— Me dá aqui essa cara feia, essa cara horrível.

Lígia pega a minha cara com as duas mãos e me beija na boca. Beijo de volta, a língua dela nos meus dentes. O que essa mulher sabe de mim?

— Sábado às oito.
— Sábado.
— Tchau.
— Tchau.
— Machão!
— Bichona!

As luzes vermelhas dobram a curva. Cachorros latem, outros respondem. Galos. Subo a ladeira. Abro o portão. O cachorro late.

— Fora!

Caim! Contorno a casa dos velhos. Abro a porta do meu barraco. Me tranco. Não quero pensar em nada. Deito na cama, no escuro, e posso me ver olhando o teto. Não penso em nada. Pouco a pouco não estou.

2

Acordo. Tudo no mesmo lugar. Poça. Brejo. Mãe.
— Estiveram te procurando.
— Quem?
— Seus amigos.
— Quem?
— Não sei.
Cafofo. Sufoco. Durmo. Acordo. Durmo. Batem. Mãe.
— O que é?
— Tem algum dinheiro?
— Pra quê?
— Pro menino. Está passando mal. Pronto-socorro.
— Tem o quê?
— Está cheio de manchas.
Escuto o choro do menino. Mais um desgraçado. Passo o dinheiro por baixo da porta.
— Dá?
— Dá.
— E o cheque?
Sem resposta. Durmo. Acordo. Leio. Somos jovens jovens. Chove? Durmo. Acordo. Que fazer? Ir aonde o diabo te carregue nas costas. Mudar de vida. Leio. No coração — aço. Durmo.
Saio pro quintal. Chuvisca. O menino se esgoela. Tapo os ouvidos. Não adianta. É dentro de mim. Tudo é dentro de mim. Se esgoela. Volto. Me tranco. Não leio nem durmo. Olho o teto. Grito.
— Que foi? Que foi?
— Nada.
Grito.
— Pára com isso!
Grito. Paro. Não adianta. Bater com a cabeça na parede. Sangrar. Não adianta. O que eu tenho? Algum dinheiro. Algum fumo. Alguma coca. Um 38. Um 32. Um punhal. Alguns livros. Nada.
Saio pro quintal. Mãe.
— Que foi?
— Nada. E o menino?
— Dormiu.
O menino dorme.

— Pra que essa arma?
— Vai dormir.
— Vocês me matam.
— Vai dormir.
— Deixa de bobagem. Arruma um trabalho. Assenta essa cabeça. Eu não vou durar muito.
— Vai dormir. Me deixa.
— Devia tomar vergonha. Já é um homem.
Grito.
— Não grita comigo. Sou sua mãe.
Grito. Ela recua. Chora. A pobre coitada.
Abro o portão. Ando. Subo e desço. Lobisomem. Ninguém na rua. Dorme tudo. Dorme a noite fora e a noite dentro. Se esgoelam os cachorros. Atiro tiro tiro. Eles ganem. Se arrastam nas patas dianteiras. Atiro. Luzes se apagam. Vigiam pelas frinchas, pelas frestas. Os vira-latas de duas pernas.
Ando ando ando. Devagar com o andor. Depressa com o andor. O céu de chuva sobre minha cabeça. Choveu sangue, maná, cachorros mortos. Cabeças rolarão. O vampiro. O lobisomem. Criancices. O circo da loucura. Grito, bato no peito, grito.
Volto. O menino se esgoela. Durmo. Dorme, neném.
Durmo inferno. Acordo inferno. Os dias. As noites. Minha mãe canta no tanque de roupa. Cigarra. Espreguiço. Tudo o que tenho: uma cama de armar, uma cadeira, um chão de terra batida, quatro paredes de reboco, um teto de telha vã. Um fundo de quintal, uma casa de cachorro.
Abro a porta do barraco. Sol, sol sobre o mundo inteiro. Árvores no quintal. Mãe. Pára de cantar e me olha em silêncio, de cima a baixo, a cabeça de um lado pra outro, censurando. Faz algum tempo que desistimos um do outro.
— Boa tarde.
— Boa tarde.
Ironia. Faz muito tempo que desisti. Pai bêbado bate na mãe, que corre pra casa da vizinha, pra rua, depois volta pra juntar os cacos da louça quebrada. Irmã mais nova vai trabalhar de doméstica na casa de bacanas e volta prenha. Irmão mais velho trabalha vinte horas por dia pelo prazer de ser escravo. É mais ou menos a miséria dessa gente por aqui. E eles não morrem.
Entro na casa dos meus velhos. É deles. Ajudei a construir quando isso ajudava alguma coisa.

— Acabei de arrumar a cozinha. O café está na garrafa. E lava o copo depois. Vê se pelo menos isso você sabe fazer direito.
Como se nada tivesse acontecido. Engulo o café.
A criança chora. Meu sobrinho.
— Se chorar, deixo você aqui com sua avó, não te levo a lugar nenhum.
Alta e magra, cabelo esticado, brincos, pulseiras, minha irmã sempre foi uma crioula metida a besta, a rainha de Sabá.
— Vai sair?
— Vou.
— Pra onde? Receber o cheque?
— Não é da sua conta.
— É da sua. Eu sei.
— Então por que pergunta?
— Por perguntar.
Esconderam de mim o negócio do filho. No fim a madame, a negrinha e a mãe da negrinha resolveram tudo. A escrava voltava pro buraco de onde não devia ter saído e, em troca, ficava com o filho mulato pra melhorar a raça. Além de um cheque todo fim de mês. A gente está sempre comprando e vendendo alguma coisa. Uns aos outros. A lei.
— O cheque ainda não chegou?
— Quer parar com essa história de cheque. Me deixa em paz, é só o que eu quero.
— Vestido bonito. Pra quem não trabalha, você anda bem vestida demais.
— Vai à merda. Você não tem nada a ver com minha vida. E além do mais não gosto de conversar com maconheiro.
— Uma questão de gosto. Também não gosto de puta.
Ela me cospe na cara. Eu rio. Viver. Deixar viver. Limpo o cuspe. Ela sai com o garoto no colo. Ele é bonito, olhos claros, um estranho. Não sei quando cheguei a gostar da minha irmã.

3

Palmas no portão.
— Bom dia, dona Maria.
— Dia.
— Ele está aí?

— Tá.
Pelé com Lilico. Dois merdões.
— Não tem nada que pintar aqui. Já avisei.
— Eu sei.
— Até parece, porra. Me espera no alto do morro.
Lilico não diz nada. Olha os pés, mãos no bolso, cabelos escorridos até os ombros, cara de botocudo. Um merda à traição.
— Quem está a fim?
— Mazinho.
Entro no barraco e apanho meus guardados. Mãe.
— Não quero seus amigos maconheiros aqui em casa.
— Empatamos.
Quando eu sair, ela, minha mãe, vai começar a acender velas pros seus protetores. Tem medo, sonhos de terror, reza por mim.
— Você não tem mais jeito. O que foi que eu fiz, meu Pai?
— Nada.
Subo o morro. Porcos na vala, crianças no barro, mulheres nas janelas. Porca miséria.
— Oba.
— Oba.
Pelé e Lilico discutem. Mazinho está sentado, mascando um talo de grama. Mulato sarará com panos no rosto. Comprido. Um risinho de dentes pequenos.
— Não como — diz Pelé.
— Come sim — diz Lilico.
— Gato vá lá, mas rato não.
— É só estar junto. Neguinho quando está em bando faz qualquer coisa.
— Menos eu.
— Lá em casa criei uma jibóia. Tinha uns quarenta quilos. Matei a bicha e chamei a rapaziada pra comer carne de porco. Compramos uns litros de cachaça e foi aquela zorra. Neguinho comeu de lamber os beiços e pedir mais. Aí, depois de todo mundo ficar satisfeito, eu cheguei e me virei pra eles: "Sabe o que vocês comeram?" "Não." "Não foi porco nenhum, seus otários, vocês comeram cobra, jibóia pura."
— Eu dava porrada.
— Dava nada. E tem mais: ninguém vomitou. Depois ainda ficaram cartando que tinham comido cobra e que cobra é melhor do que carne de porco.

— Papo furado.
— Que nada. Aqui o pessoal come tudo. É só você falar "arranja umas cachaças que a gente vai traçar gambá no espeto". Eles aparecem, enchem o fole, aí você diz "não é gambá porra nenhuma, é rato mesmo", e eles dizem que nunca comeram coisa tão gostosa na vida deles.
— Não me convida pra comer na tua casa.
— Um dia eu convido e você vai. Todo mundo vai. Eu vi na televisão um povo não sei de onde que come verme.
— Porra, assim também não.
— Na hora da fome você não é melhor do que ninguém.

Altura. Daqui dá pra ver tudo. Boassu, Mutuá, Cabuçu, Itaoca. O braço da baía debaixo do céu claro. Descampado de mato rasteiro, mangues, lodaçais, lamaçais, canoas sobre a lama, navios de brinquedo ao longe, a ponte Rio-Niterói cheia de reflexos de carros. E ruas, caminhos de barro em todas as direções, barracos, bibocas. As melhores casas ficam só no tijolo. Esqueletos de casa. E tudo indo pra baía parada. Até o mar pegar tudo de volta, cobrir tudo de peixe, caranguejo, lama. Uma vida suja, esfarrapada, pegajenta. Um ônibus passa levantando poeira, lá embaixo. O melhor jeito de se viver aqui é fechar a boca e não respirar.

Mazinho se levanta.
— Vamos ao que interessa — diz.

Magrelo, sarará, olhos amarelados. Não gosto dele. Não gosto de ninguém. Ele também não vai comigo e estamos conversados. Assaltante. Já pegou duas canas, matou um, dizem, não quero saber. Sempre montado na nota.
— O que você tem aí?
— O que você quer?

Ele cheira, mete o dedo, dá uma lambida. Não entende nada do que cheira ou lambe.
— Comprei uma partida de uns e outros que era bicarbonato puro.
— Um dos dois é otário.
— Ele.
— Tanto faz.
— Me dá dez.

Ele saca a grana e paga. Grana dos outros é lixo. Lucro. Fumamos e cheiramos. A paisagem é a mesma, miséria adentro, miséria afora. A cabeça pra cima, pro alto, como o céu, as árvores, as montanhas azuis.

— Hoje estou pagão. Vamos tomar umas cervas — diz Mazinho. O comandante Mazinho. Será que esse merda está a fim de montar um bando? Descemos. Os porcos saltam, as crianças se afastam, as mulheres se encolhem. Tem qualquer coisa de faroeste em quatro feras descendo o morro. Desembocamos no largo. A padaria, a escola, a mercearia, o barbeiro, isso é o largo. Mais duas ou três biroscas onde os bêbados profissionais enchem o fole. Meu pai entre eles. Os pés-inchados.

— Na padaria. A cerveja lá é mais gelada — aconselha Pelé.

O portuga serve com boa vontade demais.

— Um queijinho pega bem.

A algazarra das crianças. Correm de um lado pro outro, baratas tontas, brancas e azuis. O pega-corno pára, rangendo poeira pra todos os lados. As meninas mais crescidinhas ficam pelos cantos, aos grupos, fumando cigarro a varejo. Algumas são jeitosinhas, aos dezessete serão mães solteiras, a maioria, futuros bofes, sacos de pancada. Um bando de professoras entra, outro bando sai, elas não ensinam porra nenhuma. E estou aqui de pé, um copo na mão, um barato na cabeça, olhando o quê? Nada. Um mundo sem jeito nem futuro. Algazarra.

— Um dia você vai comer rato e achar gostoso.

— Vou comer é sua mãe no espeto.

— Também ia achar gostoso. Só que eu não tenho mãe e você vai ter que comer a sua.

— Taí, não gostei dessa.

— Vamos mudar de assunto, pessoal — ordena Mazinho.

— Um sanduíche de presunto — peço.

4

As crianças entraram. Dá pra ver a cabeça delas, em fila, nas salas. Os gritos das professoras chegam até aqui. Estão rachando a cabeça das crianças pra enfiar um grito. Outro pega-corno passa. Não respirar. Atravessando a rua, no meio da poeira, Luizinho Lalau.

— Vacilão.

— Que é que esse cara está fazendo aqui?

— Não sei.

— Qual é a dele?

— Vacilão.

Luizinho Lalau se chega. Pelé e Lilico mudam de assunto: ficam calados. Eu olho o risinho de cobra no canto da boca de Mazinho.

— Quem é vivo sempre aparece — diz Mazinho.
— É isso aí — diz Luizinho Lalau.
— Você está com cara de quem está se dando bem.
— Não tão bem como você.
— Mas eu sou eu.
— Como é que é, rapaziada?
— É — dizem Pelé e Lilico.
— Ninguém oferece nada?
— Aí, portuga, mais um copo.

Bebe-se.

— Visitando a família? — pergunta Mazinho.
— Não. Vim resolver umas coisinhas por aqui.
— Sei.

Até Deus sabe. Luizinho Lalau meteu a mercearia do Ferreira. Os homens entraram no filme, arrocharam meia dúzia, porraram quem não tinha nada a ver com o peixe. Pelé e Lilico brincam de jogar capoeira. Eu me olho no espelho e não vejo nada: o portuga passando um pano no balcão. Coisas que não se falam.

— Tudo bem por aqui? — diz Luizinho Lalau, sem assunto.
— Não tão bem depois que você foi embora.
— O mundo é grande.
— Pequeno. Tanto é que você está aqui de volta. A gente estava até com saudade.

Luizinho Lalau bebe, os olhos pra todos os lados. Ele sabe que deve.

— Dá um tempo aí. Volto já.

Luizinho Lalau atravessa o largo e entra na mercearia do Ferreira.

— Vacilão.

Lilico se destaca, entra na mercearia e depois volta.

— Tá cobrando segurança.
— Qual é a desse cara? — ri Mazinho.
— Tá cobrando segurança. Se deu bem na primeira, quer repetir a dose.
— Merda na cabeça e o rei na barriga.

Mazinho paga a despesa e Pelé embolsa o troco. Atravessamos o largo. O sol queima.

O Ferreira está verde, suando nos óculos.

— Tudo bem, meu tio? — pergunta Mazinho.

— Tudo bem. Tudo bem.

O Ferreira não sabe se fica tranqüilo ou caga nas calças. De qualquer jeito, ele é gente fina. Não dedura, e de vez em quando empenha um ou outro ganho, às vezes fia. É meio coronel com as mulheres, meio tio com os marmanjos. Toda vontade dele é não feder nem cheirar. Coisa difícil, mas ele tem conseguido. Um mulato baixote e gordo que está dando certo.

— Uma brahma vá lá, mas dinheiro não. Trabalho feito um condenado pra você me assaltar e ainda por cima pedir dinheiro emprestado?! Assim não dá, não tem sentido.

— Não precisa gritar — pede Luizinho Lalau.

— Não estou gritando, é o meu jeito de falar.

— O que passou, passou. Está morto. Eu não estou cobrando nem a deduragem que você fez comigo.

— Não dedurei ninguém. Não dei queixa. Nunca. A moçada aqui sabe disso.

— Deixa a moçada de fora. Eu tô falando é com você. Vai me dizer que você anda tão duro que não tem quinhentos paus pra me emprestar?

— Mesmo que tivesse. Quer dizer que você faz uma sujeira comigo e ainda sou obrigado a limpar a sujeira que você fez?

— Não fiz sujeira nenhuma.

— Não fez?! Vamos fazer um trato então.

— Que trato?

— Você fica atrás do balcão e eu fico lá fora. Você de patrão, eu de empregado. Não é isso que você quer?

— Eu tô falando sério.

— E eu não estou brincando. Você sabe a minha batalha. É dia e noite, faz cinco anos que não sei o que é um cinema. Não sou rico, estou de dívida até aqui. Estou velho, cansado, e, se é pra no fim da vida eu ficar arriando as calças pra garotões como você, eu prefiro vender essa merda e ir prum asilo.

— Não grita comigo.

— Não estou gritando. Eu só peço uma coisa. Bebe sua cerveja, a gente passa um pano em tudo, e cada um deixa o outro em paz.

— E os quinhentos paus?

— Não tem quinhentos paus porra nenhuma!

Luizinho Lalau ameaça se coçar. Mazinho passa o braço em volta dos ombros dele, vaselina.

— Calma, malandro, fica frio.

— Ninguém fala assim comigo.
— Conversando a gente se entende.
Vamos saindo. Nas costas de Luizinho Lalau, Lilico faz um gesto pro Ferreira: deixa comigo. Ferreira tira os óculos e deixa a cabeça cair entre as mãos.
Pelé e Lilico vão jogando capoeira. Não sabem jogar droga nenhuma. Nem sinuca. Mazinho e Luizinho Lalau, abraçados, vão na frente, dois namorados. Eu olho o sol queimando tudo e me vem a idéia de sair do jogo. Não dá mais. Muita luz.
— Vou dar um teco nele — diz Luizinho Lalau.
— Deixa pra lá — diz Mazinho.
— Velho otário.
— Otário é assim mesmo.
— Eu devia ter arrochado logo.
— Você já arrochou uma.
— Foi pouco.
— Deixa por isso mesmo.
— Você está do lado de quem, porra?
— Estou do teu lado. Lilico, aperta unzinho aí.
Cachimbo da paz. O sol bate de chapa nos mangues. Caranguejos levantam as unhas em V na lama rachada. Tiro a camisa e amarro na cabeça.
Jogo rápido. Perdi o lance. Mazinho ganha a fachada de Luizinho Lalau, o melado escorre do nariz. Lilico chuta entre as pernas, erra, pega na coxa. Luizinho Lalau anda de quatro. Pelé puxa o três-oitão da cintura dele, um berro velho, com esparadrapo na coronha. Lilico chuta de novo, na barriga, Luizinho Lalau cai de costas, tartaruga.
— Qual é, meu irmão, qual é? Que foi que eu te fiz?
— Levanta — ordena Mazinho.
Luizinho Lalau tenta estancar o nariz com a camisa. Um frio na espinha; em pleno sol, ele treme. Mazinho puxa seu berro niquelado e aponta pra Luizinho Lalau.
— "Que foi que eu fiz? Que foi que eu fiz?" — esganiça Mazinho.
— Fala como homem, Lalau.
— Que foi que eu... Não tô entendendo nada.
— Não é pra entender. Vou te fechar, malandro, te prepara que eu vou te fechar.
— Meu irmão, que é isso, meu irmão, vira isso pra lá.
Luizinho Lalau recua, a camisa no nariz, vermelha, os olhos de coelho, enormes.

— Olha o valente, está se mijando todo.
Pelé e Lilico se dobram de riso. Luizinho Lalau bota a mão entre as pernas. Tenta parar o sangue e o mijo, mas a vergonha escorre. Mazinho atira. Luizinho Lalau urra de dor. Cai de costas, rola, esperneia, o sangue empapando a perna direita.
— Não é homem nem pra morrer.
Mazinho atira atira atira atira. As balas levantam poeira rente à cabeça de Luizinho Lalau. Foi pra acertar, mas errou, e fica uma coisa pela outra.
— Não merece nem morrer.
Mazinho mira o joelho de Luizinho Lalau e acerta. Ele solta um uivo longo e se enrosca na poeira, um feto, um bicho. Mazinho atira e o clic clic clic: sem bala. Luizinho Lalau estrebucha.
Pelé e Lilico não brincam mais. Mazinho recarrega seu berro: as mãos tremem. Minha cabeça pesa imensamente sol.
— Todo mundo fez — grita Mazinho, o chefão, Mazinho, o líder, Mazinho, o maioral. — Todo mundo fez.
Puxo o velho berro com esparadrapo da cintura de Pelé. Paro ao lado de Luizinho Lalau e seu queixo bate, e ele olha na minha direção. Ele olha como um cachorro raivoso, o focinho ensangüentado. Atiro entre seus olhos e ele não vê mais nada.
Coloco o velho berro na cintura. Mazinho me olha com a boca meio aberta. Pelé e Lilico não sabem se ficam sérios ou se riem. Quem é o chefe? Quem é o chefe? Quem é o chefe? É o que rola na minha cabeça. Quem é o chefe?
No largo, a galera já sabia de tudo, não se sabe como. Ferreira, na porta da mercearia, vem confirmar.
— Tudo bem, meu tio — diz Mazinho.
— Fecharam ele?
— Fechamos.
— Eu não pedi.
— Ninguém pediu. Fica frio.
— Vocês querem alguma coisa?
— Não, a gente não quer nada não — eu digo.
— Uma cervejinha?
Olho pra Pelé e Lilico. Mazinho me olha não entendendo. Não queremos nada. As professoras gritam.

5

Não lembrar.
Lígia se estica pra abrir a porta do carro. Entro.
— Muito atrasada?
— Duas ou três horas.
Me beija na boca, gosto de café. Ela sempre chega. Nem que seja no dia seguinte, mas chega.
— Trouxe roupa de praia?
Bato na minha bolsa a tiracolo. Esparramado no banco traseiro, o violão em cima do peito, Beto faz um som. Me sorri, balançando a cabeleira ao ritmo da música. Difícil não gostar desse puto. Sorrio de volta.
— Surfar! Lá vamos nós!
Lígia começa a falar. Dos outros, é claro. Anda preocupada com a barra de seus súditos. Descobre candidatos à loucura ou ao suicídio onde a maior parte das pessoas só consegue notar falta do que fazer na vida. Falta de sentido da vida. Talvez seja a mesma coisa, tudo. A grande mãe. Feito aquelas mães-pretas do tempo da escravidão. Só que, apesar dos seios robustos, Lígia não é gorda, e a escravidão é outra. Fico indeciso entre o som de Lígia e o som de Beto. Deixa sangrar.
— O que está acontecendo com você?
— Comigo? Nada.
— Tem alguma coisa te martelando a idéia.
— Nada. Nenhuma.
— Olha pra mim.
— Olho.
Vejo olhos profundos e alguém igual a mim no fundo do poço dos olhos de Lígia.
— Olha a estrada.
— Você não está numa boa.
— Depois deixo você me hipnotizar. Agora não.
Ela bate com a cabeça, morde os lábios. Ninguém tem nada que se preocupar comigo. Eu muito menos.
Gosto dessas estradas de sábado de manhã. Gente dentro dos carros, passando depressa, que é como se deve passar. Indo pra lugares de fim de semana aonde eu nunca iria com eles, mesmo que fosse. Acelerados, acelerados como o coração dos ratos. Muitas motocicletas, todas indo pro surfe, na certa. E estou quase infeliz.

Olho pela janela. Verdes a toda velocidade. A velocidade é a melhor janela. Estou num outro lugar a quilômetros daqui, sou o único habitante de uma ilha, mas não gosto de mar. Me dá ressaca. Como me vejo estou bem comigo. Uma piada sem comentários. Silêncio, é toda a música que eu quero. Estou mudo. Sou mudo. Mundo. Olho veloz, e sigo. Afinal, o que eu ando tomando?

Lígia, hoje eu não te amo, penso. Seja apenas meu motor silencioso. Montanhas verdes, barrancos vermelhos, casas de pau-a-pique, churrascarias sangrentas, motéis, a vida à beira da estrada.

Beto soneia. É como quem dorme ouvindo música e canta no meio da noite.

Paramos no posto. A graxa nas gentes e o cheiro de gasolina. Lígia abre a porta, e sai. Pensativa: é o jeito dela de ficar puta da vida. Que fique.

Caminho até o bar.

— Cafezinho.

Me servem no copo.

— Não tem xícara?

— Tem.

— Quero na xícara.

— É que o pessoal prefere no copo.

— Eu não sou o pessoal.

Até mesmo tomando café querem que você ande acompanhado. Volto pro carro. Lígia não pensa mais. Fala animada com uma morena bem-feita, mochila nas costas. Entre dezoito e vinte anos. Uma guria tentando chegar a mulher estrada afora.

— Essa é Sheila. Sheilinha.

— Encantada.

Sou promovido ao banco traseiro. A paixão de Beto já se adianta, e posso ver suas pupilas amarelas: é um canário. Lígia, a anfitriã sobre rodas, começa a surfar na saliva com a nova companheira de viagem. Ouvir é uma forma de viver feito uma árvore.

— Você tem muito tempo de estrada?

— Três anos.

— Quantos anos você tem?

— Vinte e cinco.

— Eu te dava menos.

— Sempre me dão menos. Às vezes acho que isso é um elogio, às vezes me incomoda.

— Por quê? Você tem medo de ficar velha ou de fugir de casa?

— Nem uma coisa nem outra. Eu estava fazendo psicologia.
— Ah, você é psicóloga?
— Ainda não. Tranquei a matrícula.
— Onde?
— Minas.
— Você é mineira?
— Não, paulista.
— Tudo bem. Você estava fazendo psicologia.
— Aí eu conheci um cara muito aloprado em Ouro Preto. Ele é argentino.
— Essa guerra nunca termina.
— Pois é. Parei na dele. E joguei tudo pro alto. Ele estava descobrindo o Brasil, e eu resolvi descobrir com ele. Faz três anos. Na semana passada nós brigamos. A briga mais feia de todas que tivemos.
— Tango e samba não combinam. Concorda, Beto?
— *Siglo XX cambalache, problemático y febril...*
— Ouviu? Não combinam.
— Combina sim. A gente saiu cada um prum lado, mas se esbarra de novo.
— É paixão mesmo?
— Não sei. Corpo. Hábito. Merengue.
— E pra onde você vai?
— Por enquanto pra onde vocês estão indo.
— Seja bem-vinda.
— *Gracias.*
— *Tu me acostumbraste...*

Posso ver o esporão do Beto: é um galo. Senhor das metamorfoses, adormeço. Sonho claridades satisfeitas e zonas de escuro que me aborrecem. Acordo aos bocejos e perco as fotografias desse passeio. Não estou bem, mas me sinto propício, janelas abertas. Lígia.

— Como dormes, hein?! Sonhou comigo?
— Sonhei que você estava dirigindo.
— Mas isso é o que eu estou fazendo.
— Eu só sonho coisas reais.

6

Saquarema. Estico os músculos e vou com a corrente. Ruas atulhadas de tráfego, um movimento metálico em todas as direções, relâmpagos de sol nas carcaças em trânsito. Qualquer coisa que seja — surfe, festa ou a morte do general — parece estar dando certo. O meio mais fácil de ganhar dinheiro ainda é tocar fogo no quarteirão e encher as esquinas de carrocinhas de pipoca.

Lígia quer estacionar, e o guarda, cheio de sorriso e bigode, não deixa. É a lei do eterno movimento, diz o tubarão. A festa. Paramos numa rua transversal. Beto incendeia o cérebro pra ver se deixa ou não deixa o violão no carro. Alegando um possível assalto, ele não deixa e sai com o violão debaixo do braço, é um monógamo musical convicto.

Sheilinha fala qualquer coisa. Eu discordo.

— Você é muito agressivo.

— O mundo também.

— Você é cruel.

— Agressivo, cruel, tudo bem.

— Quem você pensa que é?

— Sou ninguém. Pra dizer a verdade, eu sou o assassino de Evita Perón.

Lígia dá uma gargalhada, como se fosse gorda, e acaba a discussão. Sheilinha, corada e contra a vontade, ri. Vou com a corrente, rio. A resposta devia ser esta: no Exército entrei soldado e saí cabo. O capitão me aconselhou a seguir carreira. Eu disse que não seguia porque nunca tinha visto um general crioulo e eu não seria o primeiro. Por isso, de vez em quando, eu banco o sargento à paisana. Por aí.

Beto vigia, preocupadíssimo, todos os homens de língua estranha. Já está agonizando de ciúmes em ritmo de tango.

Como qualquer sinceridade, venha de onde venha, desmancha os prazeres, me afasto. *Sheilinha habla con los argentinos. Habla, habla.* Pede notícias. *Informaciones.* Beto, violão em punho, se morde todo, com cara de "meu mundo caiu". Lígia, sorrindo compulsiva, compra presentes. Ainda não estamos futuros. Mais além, crianças empinam papagaios. É como se fossem gaivotas e o mar ilimitado azul.

Não encontraram ninguém. Encontraram a galera toda. São iguais, fraternos e livres. Voltamos ao carro. Beto e Sheilinha vão atrás, começam a se entender. Toda paixão inútil se compreende. Sento ao lado de Lígia, que me olha séria, fingindo-se de vesga: comporte-se, menino.

Conversas em conserva. Vozes:
— Acho que eles já chegaram.
— Devem estar na praia.
— Será que eles trouxeram barraca?
— Uma barraca pra quatro e um pára-quedas. Pelo menos foi o que combinamos.
— De noite aqui faz frio paca.
— Só faz.
— Tenho certeza que eles já chegaram.

O mar se despedaçando na praia, uma forma violenta de ser inteiro.
— Vamos procurar.
— Sabe a cor do pára-quedas deles?
— Verde. Todos os pára-quedas são verdes.
— Então vamos lá.
— Eu fico.
— Eu também fico. Não conheço ninguém.
— Tudo bem. Vocês ficam.
— Você vai pela esquerda, eu vou pela direita.
— E como a gente vai se encontrar?
— Porra, a gente se encontra aqui mesmo.
— Tá legal. Vocês esperam aqui.
— A gente espera.

Lígia sai para a direita e a luz através de seu vestido mostra a calcinha vermelha. Beto vai pela esquerda; alguns metros depois, tira o tênis, arregaça as calças e segue de tênis nas mãos.

Penso em golfinhos. Uma vida inteligente, quem sabe a única. Sheila. Evita.
— Vocês se conhecem há muito tempo?
— Eles se conhecem. Eu não conheço ninguém.
— Você consegue ser sempre assim?
— Assim como? Violento, cruel, agressivo?
— É, você é uma peça.
— Não estou carente. É isso o que você quer dizer? Não fui abandonado por ninguém. Não estou à procura de ninguém. Pode dizer que eu não tenho coração. Não tenho.
— Vai pra merda!

Ela chora. Devagar. Frágil. Carregue com cuidado. O nome dela é Sheila. Sheilinha. Passo a mão por seus ombros. Ela chora apertada contra meu peito. Minha intenção não era essa. Aliás, eu não tinha, não tenho nenhuma intenção.

— Fica fria.
— Não posso.
— Faz força.
— Não posso. .
— Então chora. Não resolve porra nenhuma, mas chora.
— Eu não agüento mais.
— Volta pra casa.
— Não quero.
— Então não volta. E pára de chorar.
— Eu paro.

Ela se debruça sobre o carro e chora. Entro no carro e ligo o rádio. Músicas pra corações solitários. Ginástica rítmica prum músculo sensível. O que o mar chora? Deus? Sal. Sal e espuma.

— Já chorou?
— Já.
— Tem maiô, biquíni, tanga?
— Não.
— Vou dar um mergulho.
— E eu com isso?
— Nada. Quando eles chegarem, diz a eles que estou nessa reta.
— Eu vou embora.
— Fica.
— Não, eu vou.
— Fica e deixa de babaquice.
— Vai pra...
— Eu volto.

Ela fica. A estátua de sal. Mergulho gaivotas, água fria. O mar bate em chicotes, o sol me escuda. Tenho dois braços e a pele negra pra conhecer a linguagem dos peixes. A mudez de sempre dizer a mesma coisa, o bebê em sílabas, mamãe, ventre, água filtrada. Flutuante, bóia humana, olho a praia: barracas a perder de vista. Armações, toldos, tendas, circo. Uma cidade surge oásis num banco de areia. O comércio é corpo. Nômades do deserto fingem-se marinheiros arranhando a areia. Cabe estar onde estou: a juventude, a festa, festival de surfe. Duvido que exista por aqui um surfista negro. Candomblés de mim, macumbas de mim, os surfistas dourados não te saúdam. Salve. Tambores de mim. Envolvido em água, eu nado, ele nada, nada. Como renascer da própria pele? O sol negro. Eclipse.

Náufrago do mar em mim, tiritante, encalho na praia feito uma baleia que incha, quase extinta. Estou sentimento além do que posso coração. Tudo bem: pulsarei relógios, temporal, engrenagens, inconformado. Corpos, outros corpos, se deitam na areia, se espojam no mar, gritam, chamam, adormecem, porcos, porcos. O que eu gangazumbo por aqui? Ouro, abelhas africanas. Sou guerra, sou belo. Pérola negra, te amo, te amo.

Volto pro fosco fusca. Sheilinha, semibeladormecida, ouve música. A música soa. Ressoa. Zorra. O mar bate. A sinfonia heróica do planeta. Murmúrio mudez.

— Vamos comer alguma coisa.
— Vamos. Estou dura.
— Tudo bem.
— Então tudo bem.

Evita come dois cachorros-quentes e toma uma coca-cola.
— *Ketchup?*
— Mostarda.

Voltamos ao fusca. O mar azul. A barra do horizonte. Lígia.
— Achei o pessoal.
— Onde?
— Lá no fundo da praia. Perto das pedras.
— Vamos lá.
— E o Beto?

Meia hora depois, o Beto.
— Ninguém.
— Eles estão lá no fundo da praia. Por que demorou tanto?
— Encontrei um pessoal de Friburgo. Tem um cara que bate uma viola do cacete, mas do cacete mesmo.
— Estou vendo.
— Uma loucura. Vou lá de noite.
— Tá legal. Mas antes vamos garantir um teto — resolve Lígia.

7

Rodamos praia afora. O Rosaflor em peso está por aqui, e fica a idéia de que o pessoal é mais suportável ao ar livre.

— Vamos chegando, pessoal.
— A casa é de vocês.
— Nossa.
— A água da piscina está beleza.
— A maior piscina do mundo.

Apresentações: este sou eu, esta é ela, todos somos o outro. A casa bem arrumada: duas barracas pra quatro pessoas, seis na base do amor ao próximo. E o pára-quedas, verde, balão, tenda.

Lígia assume o comando. É sua natureza fazer o que todos esperam que ela faça. Cumprindo ordens, Beto e eu tiramos do porta-malas cobertores, ponchos, sacos de dormir, toneladas de enlatados, um fogãozinho a gás, lanterna, um bazar. Uma mulher prevenida vale por todas as avós. Amontoamos tudo num canto do pára-quedas. Debaixo desse calor árabe, azul e sol, escamas de suor na minha pele noturna, decido me deixar levar, à deriva. Bobagem resistir a essa onda violenta de estar vivo sem qualquer tipo de compromisso. Generais de mim, trégua! Armistício. Me esquece, Luizinho Lalau.

Caminho pela praia, a areia pelando. Nem sinal de surfista. Vozes:

— E o surfe?
— Era pra começar às nove, mas não deu pé.
— Não deu onda.
— É isso aí. Transferiram pra tarde.

Armistício. No Haiti eu seria um general ou o chefe de polícia? General em Angola ou guerrilheiro em Moçambique? Generais de mim, trégua!

Como eu, ninguém está muito interessado em surfe. O que vale é surfar a festa. Brincar de se jogar dentro d'água, de focas e golfinhos. Submarinos e caranguejos tiram as tangas das meninas. Vou na onda. Infância. Imprimo meus dentes num traseiro, e a dona protesta: só vale no pescoço. As vergonhas de um vampiro amador.

Lígia:
— Todos a postos?
— Todos.
— Já!

Ganho todas as provas da corrida de quatro, cem metros rasos, e sempre com dois, três corpos de vantagem. É uma habilidade recém-conquistada, mas que prova definitivamente que eu desci das árvores como se desce dos morros pra ser homem. Sou carregado nos ombros numa volta olímpica imaginária e rio. E me escuto rir como se me fizessem cócegas e infância. Me jogam dentro d'água e, antes que me esparrame, penso: tem que durar. Vou ao fundo e penso: tem que durar. Esse dia. Essa mágica. Esse grande palhaço debaixo do sol. Esse eu.

Nado pra longe, a África. Nado. Gritam da praia. Nado. Áfricas de mim, hoje é como se fosse meu primeiro cigarro, minha primeira mulher, minha primeira palavra. Rasgo com os dentes a carne desse dia. Me perseguem. Vozes:

— Está tudo bem, porra.
— Tudo bem mesmo?
— Tudo bem.
— Vamos voltar?
— Vamos boiar um pouco.

Boiamos. A meu lado o Beto, a Evita com uma bóia e um garotão que eu não conheço. O céu me esmaga azul. Deixa sangrar à deriva. Aos poucos vou deixando meu pensamento ficar vagabundo. Amoleço como se não tivesse mais nenhum nervo que me amarrasse a qualquer coisa. Não há nada que me explique. Não há nada que me prenda. Volto à praia em braçadas lentas. Tenho todo o tempo e grandes eternidades.

Lígia me abraça como se eu voltasse de uma profunda asfixia.
— O que está acontecendo contigo?
— Nada.
— Legal. Mas, quando você quiser, pode abrir o verbo comigo.
— Combinado.
— Quero ser a primeira a saber. Promete?

Prometo. É a primeira vez que a vejo fora de um longo. Ela entra na água feito uma gata. Pegamos nela e a jogamos na água.

— Não sei nadar! Não sei nadar!

Aos gritos. Surgem imediatamente os voluntários pra um curso intensivo de natação. De repente entendo Lígia em transparência. Somos semideuses de uma loucura além de nós. E, sentimentais, não sabemos nadar sentimentos. Damos presentes, lançamos bóias de salvamento. Pra não afogar, pra fugir do sufoco.

O mar se encrespa. Uma multidão seminua se concentra ao redor da comissão de julgamento do festival. E grita, incentiva, se agita, uma pequena voz contra o coral do mar que esbraveja. Jovens belos e atléticos, louros e queimados, se equilibram sobre as ondas. Andar sobre as ondas: já fizeram isso, mas sem pranchas, dizem. Talvez isso seja meio caminho andado pra se passear sobre um terremoto.

A multidão grita nomes. Os que conhecem, os que estão perto de entender o jogo, criam ídolos. Não vejo a vantagem ou a razão. Armistício. Um dos surfistas sobe na crista da onda e é lançado montanha abaixo, aos trambolhões, se desengonça escada abaixo. A multidão vaia, assobia, estrila. Os juízes anotam. Vaio também. E aplaudo. Vozes:

— O número 15 é o melhor de todos.
— Já foi campeão no Havaí.
— Lá é quente.
— Com umas ondinhas desse tamanho, até eu.
— Parece fácil.
— Bom mesmo é se tivesse uma ressaca. Aí é que eu queria ver.

Ando praia afora com a idéia de que os homens nunca chegarão aos pés das gaivotas. Às barbatanas dos golfinhos. Rio comigo mesmo. Um homem ri sozinho. Bola de cristal, o sol desce pro horizonte futuro: amanhece do outro lado. As gaivotas surfam no vento, pancham no vento e parecem crianças empinando gaivotas. Colho conchas na beira do mar que não termina. Na minha infância, na praia da Luz, entre mangues, refugos e misérias, eu devo ter feito alguma coisa igual, mas não me lembro, era, e é, uma outra vida sem que eu estivesse lá dentro, um feto anônimo, a mais pura ameba. Na minha infância de agora colho conchas na beira do mar, certo de que amanhã não lembrarei nada: nem o sol, nem o vento, nem esse frio que me anoitece a pele.

Na minha infância o rádio tocava a ave-maria e eu voltava pra casa. A memória é a mais pura das traições. E romântica. Todos os pára-quedas estão acesos. Armistício: balões, abajures, lanternas chinesas. Dentro deles, aquário, corpos gesticulam sombras. O vento cresce. Volto pra casa. Do mar de um tempo atrás só vejo a baba branca. Não estou cego, é a noite, conchas de estrelas nas mãos em concha.

Entro no pára-quedas e encontro aconchego. Somos irmãos, quem diria? Vozes:

— Ora viva. Você sumiu.
— Agora apareci.
— Vai encarar o rango?

O pão e o vinho. Comemos e dividimos irmãos. Os vizinhos

nos visitam e pedem emprestado fósforos, garfos, pratos. Alguns aceitam fazer uma boquinha. Dizem seus nomes e generosamente contam suas vidas como uma longa aventura: se deixam conhecer. Eles se aproximam estrangeiros, que é o único jeito de aproximação real. Andaram, sofreram, vivem. Quando saem, nos convidam pra seu mundo. Nós, que ficamos, dizemos: é gente, muito gente, gente fina.

8

Alguém lança a idéia de uma fogueira. Não somos pássaros caídos pra morar dentro de um pára-quedas. Todos ao ar livre, livres. A natureza não é inventar paredes contra as estrelas e o vento. Paredes são pessoas que saem da cidade pro mato e acordam no meio da noite ouvindo o telefone dos grilos, o tráfego do riacho que passa ao pé da casa.

Me encapoto contra o vento, mas o rodamoinho das estrelas me faz delirar. Não sei ler as constelações entre tantas impossibilidades: o pó das estrelas é a minha tentativa de universo interior, caos, cacos. Debaixo de que telhado perdi esse infinito da noite sobre minha cabeça?

Em volta da fogueira somos os primeiros homens, as primeiras mulheres. O vento sopra feito um aéreo mar invisível. O fumo roda. Fumamos, e no céu se alastram estrelas e fagulhas de fogueira. Indivisíveis.

Beto dedilha a música ao vento. Cantamos. O instante não dura uma pedra, uma concha. Beto nos divide.

— Vamos lá no pára-quedas do pessoal de Friburgo.

— Está tão gostoso aqui.

— Tem um cara lá que bate uma viola do cacete. Eu falei com ele que ia lá.

— Deixa pra amanhã.

— Amanhã não.

Rachamos. Lígia vai com Beto. Evita, ex-Sheila, também. Eu me levanto, quero andar. Uma outra figura, de poncho e cachecol, se decide pelo movimento. O resto fica, se protege Rosaflor, a turma, a tribo.

Violão em punho, Beto abraça Evita, e deixam ir. Lígia vai na frente, cantante, dando saltos de uma alegria golfinha. Rio ao lado da figura de poncho e cachecol, que também ri.

— Quem é esse poncho que anda?
— Rosana. Zana, Ana. Rosa. Rô.
— Zana Rô.
— E teu nome?
— Ninguém.

Das barracas e pára-quedas, espaçada, intermitente, salta a música. Aqui de violão, violões. Ali de gravadores, vitrolas portáteis. Mais além, apenas vozes e batucadas. A sempre música e seu espaço de natureza. Casais se amam nas areias. Fogueiras. Lígia:

— Beto, será que esse pára-quedas já caiu?
— Acho que é logo ali em frente.
— Se oriente, rapaz.

Chegamos à tribo de Friburgo. Um pára-quedas igual ao nosso. Beto e Lígia caem em êxtase, atraídos pela gravidade de um cara de testa longa, barbicha aparada e dedos velozes. Evita olha em volta: nenhum argentino. Zana Rô encosta a cabeça no meu ombro. Os cabelos dela cheiram a jardim e chuva.

Ouvimos. Nossas orelhas crescem, atenção, zepelins, elefantes esvoaçantes. Zana Rô me chama do fundo do poço.

— Ninguém! Ninguém! Você está aí?
— Estou.
— Abre a boca e fecha os olhos.
— Aaaah!

Engulo qualquer coisa mínima, imperceptível, distante, pequena estrela. Zana Rô também engole.

— O que é isso?
— Espera pra ver.

LSD. Lance Sobre os Dados. Lunar Si-mesmo Descontínuo. Liga Social do Delírio. Lucy in the Sky with Diamonds.

Evita se aproxima.

— Eu vi. Vão viajar?
— Estamos na plataforma — a voz de Zana Rô.
— Deixa eu ser co-piloto de vocês? Nunca tomei, mas já fui co-piloto de uma porção de viagens.
— Nós te elegemos co-piloto de nossa viagem.

À luz da fogueira, o rosto de Evita é contente — ou ansioso. Talvez a beleza, quem sabe o nascimento de um rosto. É o primeiro, sem dúvida, porque é dele que outros nascem, saltam, dançam na luz que respira. O círculo mágico do rosto tem início. São vozes, todos são vozes, e o encantamento é ouvi-las, o vento sobre o mar do rosto.

Os cabelos de Zana Rô entre os meus dedos, um incêndio de seda. Meus dedos zulus e pontas de lanças caminham numa floresta tropical, sinto a queimadura como uma janela aberta prum jardim. Olho essa mulher que me vê e sou incêndio: ela não tem nome. É apenas uma confirmação, somos prisioneiros das palavras, tanta tortura em nome de um nome. Quem é você? Adivinha, disse o tigre. Nus, anônimos na floresta entre os dedos. O círculo do rosto em volta do fogo. Uma explosão silenciosa, estelar, torna o rosto visível.

Olho essa mulher que me vê, e seu rosto sobe do abismo feito vertigem. Pra provar que me vê, ela sorri. Pra ela eu também não tenho nome. Olho. Olha. Já não estamos alheios. Estendo os braços. Debaixo de um poncho surgem duas mãos. Não estavam lá e agora saltam pra luz. Quentes. Levantamos. Coloco uma perna adiante da outra: são passos. A ciência mecânica de andar. Meus olhos estalam. Escuto o estalo interior dos meus ossos. Um pé depois do outro. Gritos. Como andar sobre louça quebrada. Gritos: ulisses dédalos! Estou pisando sobre conchas, e elas gritam esmagadas, sinto a dor em mim. Ando devagar, piso de leve, piso devagar, quase macio, os gatos.

Sobe das águas, sobe das águas, sobe das águas a cabeça do gigante. Uma estrada branca sobre o mar e por ela o gigante caminhará até a praia e morrerá na areia, sufocado, cabelos de estrelas.

— A lua.

Olho. Vejo. Nunca tinha visto. Começa o reino do visível, o reino deste mundo. Caio de costas. Rio.

— A lua. Onde está todo mundo?
— Estamos sozinhos.
— Deviam estar aqui pra ver.
— Estou vendo com você.
— Então chega mais perto.
— Só se eu entrar dentro de você.
— Por meus olhos, por minha boca, por meu eu eu eu.

A lua sobe branca branca branca. O mar se revela em céu num espelho, os morros se desenham suaves camelos, a areia se espreguiça em seu ondulante tapete de brilhos, e tudo sou eu, somos eu, o alucinado habitante de um planeta ainda sem nome.

Estou cavando. Cavernas. A areia roda em minhas mãos seus milhões de planetas de um sonho invisível. Quem sonha a areia? Eu, seu deus de mãos. Cavo com a certeza inabalável de que sairei do outro lado, pela porta dos fundos de um mundo sem espessura.
— Vem.
Vou. Estou pele contra uma outra pele, e outras mãos agora me sonham carne onde eu girava areia. A boca em minha boca, a língua entre meus dentes, começa a recolher os meus pedaços. Onde me quebrei, se já não me lembro? Onde me dilacerei em tantos, em outros, alheios? Onde me parti, se havia apenas a minha razão pra ser único? Estou dissolvido na inteireza. De volta à infinita pulsação da carne, começo a entender o último instante de sabedoria dos que morrem: perder-se de si dentro de si mesmo. E entro, até a última nudez, no jardim de transparências, no único reflexo possível: eu, o náufrago, o maldito, o perdedor indissolúvel, o fugitivo dos espelhos.
— Vem. Todo. Todo. Inteiro.
Que foi? Onde está quem eu era? Renasço de entre os mortos. Tenho na boca este sabor. Um sabor que não é doce nem amargo nem físico. É outro.
— Todo. Todo. Todo.
Sem palavras: a teia, a trama, o rumor. Renasço de entre os mortos. A carne, apenas a carne, sem o verbo.
— Todo. Vem todo.
Sim. Sim. Sim. Um único gesto, um grito abafado, a implosão luminosa, o grito. Um vento de luz varre a lua e as estrelas. Tenho frio. Passo a mão em minha pele — minha nova pele — e sinto os grãos do arrepio, essa outra areia.
— Acho melhor vocês se vestirem.
Me volto pra voz e somos três onde eu pensava ser apenas um. A mulher a meu lado está nua, vestida de areia, areia em seus cabelos e em seus pêlos, a mulher sonha.
— Zana.
Ela dessonha e me abraça. Seu beijo é áspero e mel, mordemos nossas línguas de areia. Rolamos um dentro do outro, rolamos dentro dentro dentro fundo, e nascemos. Seremos expulsos? E de novo o grito. Esse é verdadeiramente o novo animal, um e outro, duplo um. E não quer ser separado.
— Vem. Vem. Vem.
Tudo sonha. De repente os eclipses. Estou neste lugar sem saber de onde vim, nem por que motivo estou. Aceito os eclipses

com a alegria de não ter nenhuma responsabilidade, nenhum domínio sobre mim mesmo. Eclipse e deriva.

    Estou sentado sobre a pedra e me deixo perguntar por que o mar bate nelas como um pai. Esta luz violenta que me faz tirar a camisa é o sol. Esta mulher a meu lado, tranqüila e profunda, é minha carne. Esta outra que fala com gestos largos e arredondados foi minha voz noturna e agora é minha sombra. As tendas espalhadas no deserto são minha outra vida, antes de eu ser feito prisioneiro e obrigado a construir pirâmides contra o tempo invencível. Este sou eu, livre outra vez, este.

— Querem comer alguma coisa?
— Não estou com fome.
— Também não.
— Estão com sede?

    De pé, no meio de uma multidão que uiva — onde foi isso? em que sonho? — bebo cerveja. Homens caminham até a praia, vindos do mar sobre pranchas, talvez albatrozes, os braços abertos de pássaros desajeitados. Olho as pessoas e — como os santos de gravuras baratas — vejo que usam halos. Halos, auréolas, aura, o chapéu divino da alma. Simpatizo com as de aura azul, as de aura roxa me angustiam. Tremo de frio. Minha sombra tem aura azul. Minha carne também.

    Pelas ruas da cidade. Os carros me expulsam. O som metálico, gente amontoada em volta de balcões, todos os mil gestos inúteis gastos na esperança vã de não ser moscas, as mil máscaras pra não ser ratos. Cidade.

    Expulso, subo a interminável escadaria. No alto, a igreja. E do alto, lá embaixo, a escama vermelha dos telhados, o rumor metálico. Dou as costas pra cidade e o mar alto retoma o mundo com um abraço esférico. Um navio vai. Acompanho seu rastro até que dobre o horizonte. Perde-se. Um dia, como dentro de um submarino, não haverá mundo.

— Acho melhor a gente voltar.

    Desmontam o pára-quedas. Era belo a céu aberto, junto ao mar. Objetos espalhados na areia. O lixo desses dias. De que fomos. Os ossos.

9

Lígia dirige em silêncio. Isso é novo. Beto, emburrado, finge dormir. Alguém liga o rádio. Quando, em que momento fora de mim, começou a anoitecer minha vida? As longas espadas dos faróis começam a esgrimir contra a escuridão. Aos poucos, as ondas do meu cérebro começam sua maré baixa. Na verdade, no silêncio, continuamos estranhos como sempre. Mas em mim, impalpável, sinuosa, a certeza de que jamais cicatrizarei desse dia é mais que uma adivinhação, mais que um projeto, cresce com a espessura de um destino num jogo de sombras. Um estalo: é com um estalo de dedos que se chamam os cães do futuro.

— Acho que eu devia continuar com o pé na estrada — diz Evita.

— Bobagem — diz Lígia. — Ou são saudades do argentino?

— Não. Acho que não. Não sei.

— Você fica uma semana lá em casa, descansa um pouco, depois faz o que quiser.

— Eu não vou te trazer problemas?

— Claro que não. Você vai gostar.

Mais alguns quilômetros de silêncio. O que será que nos está pensando? Perguntas.

Me deixo levar. Este ainda é o mais longo dos dias. Zana. Zana Rô.

— Está no outro carro, lá na frente.

Cai o vazio. É uma colher que cai no assoalho de uma casa abandonada. E eu, depois desse conhecimento, como escapar, onde a saída, que perdão? Serei massacrado? Esquecido? Vomitado? Perguntas a ninguém. A colher cai interminavelmente. Quem desligou o rádio?

Me deixo levar. Lá. Lá. Lá. Ao léu. Rôôôôôôôô!

10

Só vivo pensar Zana Rô. Meto-me num carro e chego ao sítio no dia seguinte ao que ela me convidou. Vim pra conferir. Sítio em Pendotiba, com cascata, piscina natural, luxos. É por causa dela que estou aqui deslocado, no meio do mato e de estranhos. É a tribo dela. Não é a minha tribo. Zana Rô. Estou correndo perigo. Mas encaro.

Estranhos é modo de dizer. Tem gente que você esbarra em bares. Como esse tal de Lino, que me recebe, aperta minha mão, fique à vontade, Rose está dormindo. Suporto o papo do intelectualzinho de merda.
— Sabe o que está fodendo o mundo ocidental?
— Não.
— A perda do instinto animal.
— E o que eu tenho a ver com isso?
— Tudo. Você é instinto, anima, maná, ritmo.

Você é negro, ele não diz. Ficamos algum tempo nisso: ele me elogiando, eu tirando o corpo fora. Ele continua falando sobre ritmo, jazz, samba, umbigo, mulatas. A primeira mulher com quem ele tinha dormido: a empregadinha, uma negra. Faz o elogio da sexualidade negra. Faunos brancos perseguem ninfas negrinhas pelo Campo de São Bento. Ele confessa. "Não sou racista", diz.

Minha vontade é contar o meu lado da história. Se começar a contar, no fim vou ter que dar uma porrada na cara dele. Vejo o sangue empapando sua barba. Me levanto. Circulo.

Deito numa rede. Saio de sintonia e tenho alguma coisa como um sonho picotado com noivas e barbudos com barbas de plantas. Nada mal. Olho em volta: eu não sou daqui. Desço as escadas, o portão range, caminho pelo mato. Dou uma cafungada.

Volto. Sento à beira da piscina. Ainda estão dormindo. Estou em paz.

Ligam o som e a música sai das árvores. A piscina começa a se inflamar. Homens e mulheres mergulham. Não interessa. Vive-se. Aluga-se. E me vem o desejo de viajar. A volta ao mundo num transatlântico. As primeiras cidades da lua.

Circulo. Dou uma cafungada. Quero a planície dos eclipses. Nunca entrarei pros alcoólatras anônimos. Nem telefonarei de madrugada pro plantão de ajuda aos suicidas. Se eu fosse um ditador africano, comeria carne humana no café da manhã. Dizem que é adocicada. Eu sou doce, dócil, às vezes amargo.

Lino senta a meu lado.
— Pensei que você tivesse ido embora.
— Eu também. Mas estou aqui.

Uma morena dentro de um biquíni sai da casa e beija Lino no alto da cabeça.
— Essa é a Gininha.
— Prazer.

Ela tem um rosto sem véus, um olhar direto, corpo flutuante. Lino:
— O que você está bebendo?

Estendo o copo: vodca com laranja, e ele faz uma cara de óleo de rícino. Pra ele ainda é cedo.

— Você está aborrecido comigo? — pergunta ele.

— Não — respondo. — Devia? Devo?

Gininha volta do mergulho.

— Você não fala muito, não é? — diz ela.

— Meu sonho é ser professor de surdos-mudos — digo.

Lino, o intelectual, fala por três. Ele faz Gininha rir com uma história onde eu sou personagem. Eu e ele decidimos fazer as rondas dos bares da cidade, de madrugada. Fechados. A cidade é um morto enorme, assassinado de silêncio. No meio da rua, ele grita: "Sigam-me os que forem anti-anticomunistas!" Eu vou atrás. Ele canta e sapateia no asfalto: "I'm singing in the rain." A madrugada ecoa. Ao longe, o motor de um carro. Nós cantamos abraçados. Um ovo se espatifa no asfalto. Outro ovo. Mais ovos. O sucesso é uma ilusão. "Fascista!", ele agita o punho pros edifícios. Nós começamos a berrar: "Mamãe, mamãe, mamãe, o avental todo sujo de ovo." Depois ele começa a andar na ponta dos pés, enquanto abre portas, revista quartos imaginários com uma lanterna imaginária. "Olha o barulho, fecha essa porta, porra!" Fecho a porta, tropeço numa cadeira. "Olha o esporro", eu grito em silêncio. "Não adianta", diz ele, "estamos num labirinto".

Ele conta e ri. Gininha ri, inclinando a cabeça pra trás, mostrando o pescoço de cisne, a garganta a pedir mordidas. Eu não me lembro de nada. Sinto um certo mal-estar com essa intimidade de que não tenho memória e desconfio que ele mente, ainda que não perceba o que ganha com isso. A partir da história Gininha começa a me ver.

Ao longe, sobre os morros, nuvens vão passando. Forma-se um cavalo e o cavalo se desfaz em leão. Um leão deitado. Eu sou um leão deitado. Estou em paz e bebo pra chegar ao eclipse.

— Você viu com quem a Denise saiu? — pergunta Lino.

— Com a amiga dela — responde Gininha.

— Sônia?

— Acho que Sônia.

— Aquela mulher me mata.

Gininha vai dar um mergulho. Depois volta.

— Onde você vai passar as férias? — pergunta Lino.

— Acho que vou pra Bahia — responde Gininha.
— Todo mundo vai?
— Por que não Ouro Preto?
— Já fui.
— Tem um pessoal que está a fim de ir à Amazônia.
— Legal.
— Está a fim de ir?
— Não, vou pra Bahia.
— A Amazônia é legal.
— Sabe o que te estraga, cara? É essa tua mania de querer decidir tudo pelos outros. Você é um stalinista. Pára com isso. Eu vou onde pintar.
— Tudo bem. Você anda muito explosiva.
— Eu acho exatamente o contrário.
— Você anda tensa, esquiva, opaca.
— Mas eu me sinto transparente! Nestes últimos tempos eu tenho estado uma vitrine.
— Eu te conheço e sei que não é verdade.

Eles estão discutindo pra mim? Estão querendo me dar alguma dica? Estou perdendo alguma coisa?

Lino e Gininha discutem pais, mães, psicanálise, família burguesa. A Terra gira no espaço, uma lâmpada queimando no teto.

11

Saindo da casa, usando um roupão vermelho, Zana Rô. Meu coração dispara. O que eu vi nela? Morena, pequena, uma boneca, pele de porcelana, grandes olhos verdes, um sorriso luminoso, um rosto de criança feliz. O que eu vi nela? Ela me vê, e eu sinto a onda de choque da alegria de me ver bater em seu rosto. Posso sentir, de longe, o arrepio do seu corpo. Ela meio cambaleia, meio gira como quem roda um bambolê, leva as duas mãos ao rosto, meio se desequilibra como quem incorpora um santo. Depois serena, e vem. Senta no meu colo e me beija até o fundo. Depois olha pra mim e diz sem dizer nada: "Que bom que você veio." Eu a envolvo com todo o meu corpo: ela cabe exata em mim.

A conversa rola, como se nada tivesse acontecido.
— Ela fez outro aborto? — pergunta Lino.
— O terceiro este ano — responde Gininha.

— Mulher emancipada dá nisso.
— Também, ela quer comer todo mundo.
— Teoricamente isso não tem nada de mau.
— Por que ela não toma pílula?
— Tem medo de pegar câncer.
— E vai pegando filho. E você ainda queria que ela morasse com a gente.
— Tá legal, ela abre as pernas pra todo mundo, mas é gente fina.
— Uma creche, você quer dizer.

Eu e Zana Rô fingimos prestar atenção ao papo que rola. Sinto que estou preso dentro de um campo magnético. Ou dentro de uma bolha. A roda aumenta: Lino, um cara desconhecido, Gininha, uma garota de camisola, mais duas garotas. A controvérsia é toda de Lino e Gininha. Estou perdendo alguma coisa?

— Tudo é político — diz Gininha.
— Tudo, tudo, tudo — arremeda Lino. — Por que vocês são tão totalitárias?
— Não somos nós. É o mundo que vivemos.
— Eu sou um cientista e mais nada.
— É isso aí. Você entra num laboratório e inventa o napalm. Aí um general joga napalm na cabeça das crianças camponesas. Você vê as crianças em chamas, sente o cheiro de carne queimada. Você ainda tem coragem de dizer que isso não é político?
— Nem tudo é político.
— Você é o último dos puros. Um anjo. Devia voltar pra debaixo das saias de tua mãe.
— Já sei. Minha mãe também é política. É isso?
— Acorda, Lino, acorda — grita Gininha.
— Estou me cansando desse humanismo de vocês.
— E a dialética, Lino, e a dialética?
— A dialética que se dane! Vocês não pensam. Vocês são policiais do pensamento.
— Você, como cientista, é a Rosa de Hiroshima: estúpido e inválido.
— Se não fosse a ciência, vocês estavam plantando batatas com dez filhos nas costas.
— Machão! Ninguém está querendo negar a ciência. Nós queremos é humanizar a ciência. Tirar a ciência das mãos de robôs edipianos como você.
— Não me venham falar de humanizar a ciência. Poesia não é

ciência. Eu tenho mais respeito por esses caras que largam tudo e vão pro mato fazer macrobiótica, comer capim. Vocês são hipócritas. Se vocês fossem coerentes, não tomavam pílulas nem cheiravam pó, porque isso é ciência química.

— Pó é alquimia. Teu tipo de pensamento é em linha reta. Diante de uma encruzilhada, Lino, você se suicidava. Eu até me admiro como você consegue andar com duas pernas. Isso não te atrapalha?

— Chega de papo. Além do mais, este país não tem ciência nenhuma pra se discutir. Só tem poetas e sociólogas. Não é isso que vocês querem? Vocês não conseguem alfabetizar este país e ficam aí falando de dialética. No rabo!

Lino se levanta, contorna a piscina e entra na casa. O rosto de Gininha brilha vitorioso, quase mau. Ela olha pra mim e Zana Rô.

— Você quase não fala, não é? — diz Gininha pra mim.

— É a segunda vez que você me diz isso — respondo.

— Ele é professor de surdos-mudos, pessoal.

Penso em responder qualquer coisa, mas Zana Rô me beija na boca. Depois me puxa pela mão e vai me levando. Subimos o morro por trás da casa e pegamos uma trilha no meio do mato.

— Vamos marcar nosso território — diz Zana Rô, jogando o roupão sobre um arbusto.

Ela não tem mais nada por baixo. Descemos uma pequena rampa até uma outra piscina natural, bem menor, sombreada por grandes árvores. Zana Rô me ajuda a tirar a roupa com uma trêmula ansiedade. E, mais uma vez, o mundo se faz carne. Uma bainha de veludo, uma voz rouca, línguas de fogo. Ela queima e eu estou no centro do círculo, numa cintura de incêndio. Uivam em mim. Uivo de volta. Zana Rô.

Fumamos. Fazemos amor. Cafungamos. Fazemos amor. Sempre que tento falar, Zana Rô me tapa a boca com a sua boca. Entendo o jogo e deixo que meu corpo fale por mim. O corpo dela me diz: amar o amor, amar o momento. A sombra das árvores e das pedras mudam de direção.

Depois voltamos pra casa. O amor é cego: não vejo nada nem ninguém. Zana Rô me mostra seu quarto, suas coisas. Gininha entra e diz que é preciso fazer compras, a comida acabou.

— Deixa ele vir comigo — diz Gininha. — Você já se lambuzou dele hoje.

12

Vou com Gininha, de carro, até o mercadinho. Ela dirige e me obriga a falar.
— Eu sou professora.
— Dá aula de quê?
— História. Faço parte de um grupo negro.
— Bom.
— A minha tese é sobre candomblé.
Ela fala sobre candomblé. Penso em dizer a ela que não gosto de me deixar possuir. Eu sou meu próprio cavalo, as rédeas entre os dentes.
— Domingo, sem ser esse o outro, tem uma festa, não quer ir?
— Quanto menos raízes, pra mim, é melhor.
— Se você pertence a um grupo oprimido, quanto mais consciência dessa opressão, maior o seu projeto de liberdade.
— Eu não tenho nenhum projeto. Sou livre. O meu quilombo sou eu mesmo.
— Respeito sua opção existencial, mas seu individualismo não leva a nada.
— E daí? Não quero ser folclore de ninguém.
— Não se trata disso.
— Você é branca e quer me dar de presente uma consciência negra. Se eu digo que não preciso de sua ajuda, você se aborrece.
— Mas eu não me aborreço.
— Você quer me salvar. Mas eu não preciso de salvação. Não faço samba, não vou à macumba, não gosto de candomblé, não curto futebol. Não preciso que ninguém me diga o que devo ser ou deixar de ser.
— Agora quem está aborrecido é você.
— Vamos fazer assim: você me convidou pra ir a uma festa. Eu não sei se vou.
— É isso aí.
No mercadinho, ela verifica os preços com a consciência de uma dona-de-casa. Ela paga e eu levo as compras até o carro.
— Deixa que eu dirijo — eu digo.
— Já foi preso alguma vez?
— Não. Por quê?
— De onde vem essa tensão toda?

— É que eu não tenho imaginação. Sou uma ereção eterna. Sempre alerta.
— O que você faz?
— Nada.
— Mas você estudou. Dá pra ver que você estudou, leu, parece um cara inteligente.
— É que eu gosto de viver fora da minha classe. E repito tudo o que escuto. Também só falo de mim. O resto não me interessa. Isso dá a impressão de inteligência concentrada, massa de tomates, por aí.

De repente, Gininha começa a chorar. Paro o carro. Espero dentro de uma bolha de silêncio.

Gininha fala de sua paixão (correspondida) por Rose, a minha Zana Rô. Escuto uma mulher falar de seu amor por outra mulher. As duas vivem juntas há três anos. O sítio é delas.

— Já aconteceu outras vezes. Me machucou muito.

Gininha fala das outras vezes. Explica que ela, mais Zana Rô e Lino vivem uma espécie de triângulo compensatório: Lino ama Zana Rô, e Gininha aceitou a presença de um homem pra exorcizar todos os homens. Tinha funcionado até eu aparecer.

— Eu espero que a coisa entre vocês não seja séria. Você não conhece a Rose. Ela é muito frágil.
— Todas são.
— O que você quer dizer com isso?
— As rosas.
— Você vai me prometer que não vai machucá-la.
— Eu não te prometo nada.
— Bom. Eu gostaria de te dizer que ela já esteve várias vezes internada em clínicas pra tratamento de doenças nervosas.
— Você está mentindo. Vou perguntar a ela.
— Não faça isso. Eu prometo que não vou me meter. O que vocês decidirem, eu aceito. Mas cuida bem dela. E me deixa cuidar dela também.

Quando chegamos ao sítio, somos recebidos por Zana Rô e Lino. Há uma ruga de dúvida entre os olhos dele. Zana Rô é a imagem da confiança: seu rosto é uma certeza luminosa de que o mundo lhe pertence e que não existe diferença entre pessoas e brinquedos. Mas, apesar de tudo, o meu tesão por ela continua igual. E eu não digo nada.

Aqui terminam as folhas datilografadas. O texto que segue foi escrito à mão. O fim de semana no sítio (somos informados de passagem que começa na véspera de uma Sexta-Feira Santa e vai até segunda pela manhã) tem pelo menos uma cena decisiva: a cena de amor grupal entre Lino, Gininha, Zana Rô e o narrador. A cena é toda de Zana Rô. Afinal, ela é o objeto de amor de todos os envolvidos e se comporta como tal. Zana Rô é um objeto de culto, mas detesta qualquer tipo de tabu. Dadivosa, ela se abre a todos como uma deusa do amor, uma força da natureza, uma Grande Mãe.

Começo a flutuar sobre mim mesmo e consigo ver. Lino me chupa como se eu fosse a própria encarnação do verão. Zana Rô me beija, me amordaçando de novo contra qualquer protesto, me tornando propício pros ritos dos quais ela é a sacerdotisa. Deitada entre os almofadões, Gininha acompanha tudo com um sorriso satisfeito: eu a tinha reduzido a um longo gemido, a um corpo saciado por minha vitória. Agora Lino me presta vassalagem, e eu olho dentro dos olhos de Zana Rô. Meu desejo é dela. Meu desejo é ela. Meu desejo é tê-la eternamente minha, tomar posse dela, sem dividi-la. Olho dentro dos olhos dela e vejo seu egoísmo indomável, sua insaciável ânsia de ser desejada. Vejo a verdade: eu posso tê-la, mas, pra isso, tenho de cultuá-la.

Sinto gana de matá-la. Gana de dar um tiro na cara da cadela inatingível por minha devoção.

O narrador aumenta suas atividades criminosas para bancar sua vida amorosa com Zana Rô, ainda que ela não lhe peça nada. Ao mesmo tempo, passa a sofrer de "visões". Ele vai a um terreiro e os santos pedem sua cabeça. Ele se recusa a entregar sua cabeça aos santos.

13

Grita alto:
— Puto!
Ou bruto?

— Cala a boca, vaca!
Tapeio a cara dela, plá, plá — ela se fecha.
Passo os braços sobre os ombros dela, tremendinha, a mão na boca dela por via das dúvidas.
— Vem.
Ela resiste, a vaquinha. Tenta morder minha mão mordaça. Arrasto com ela aos trambolhões, as unhas dela na minha barriga, vermelhas. Soco de leve os peitinhos dela, uma, duas vezes, um pouco mais forte, três, quatro. Ela amolece.
— Vaaamos.
Atravesso com ela debaixo do braço o campo de futebol. Atrás da baliza branca, o mato encobre a gente.
— Quietinha.
— Não!
— Quietinha.
— Deixa eu ir embora.
— Você vai.
— Deixa.
— Deixo.
Rasgo a blusa, os peitinhos saltam.
— Não.
Ela tenta unhar minha cara. Não é bonito. Plá, plá, plá. Ela amolece. O peitinho em minha boca, a coxa cabeludinha. Ela chora.
— Não chora.
Ela funga. Vou mordendo devagarinho, trabalhando com mão de artista. Ela se tranca, trêmula, não muito trancada.
— Eu sou moça.
— Sei.
— Não faz isso comigo.
— Não.
Aperto meu ombro sobre a sua boca. Ela geme, mumunha, morde.
— Vaquinha.
Entro nela meio apertado feito roupa nova. Sapato novo. Ela mumunha. Vou em frente, calmo, passeando domingo ensolarado num parque de diversões roda-gigante. Sem pressa. Passinhos miúdos passarinhos. Mexendo a colher, devagar, devagar de-va-gar. Me ajeito melhor. Tiro o ombro.
— Huuuuumnão.

Ela diz huuuuumnão.
Ponho o ombro de novo sobre sua boca. Ela morde diferente. Devagar de-va-gar de-va-gar.
— Vaquinha.
Ela mexe. Dança. Gosta.
— Puta.
Entro firme nela. Não era pra gostar.
— Puta.
Ela mumunha. Joga a cabeça de um lado pro outro. Me usa.
— Puta.
Estou acabado.
Alguma coisa me empurra. Ela me empurra de cima dela, os cabelos espalhados, úmida, chuvosa. Procura as suas roupas enquanto fala alguma coisa. Estou indo. Estou correndo. Já não estou eu.
— Vaca.
Ando procurando Zana Rô em todas as mulheres. Não é pra encontrar.
Atravesso o campo, e corro mais. Cavalos que eu não tinha visto me olham e voltam a pastar de cabeça baixa. Espero o grito que vai me pegar pelas costas, na nuca, no corpo inteiro, nas pernas. Ela não grita. Ainda está procurando procurando procurando. Está onde está. Eu é que já não estou eu. Mais uma coisa que não vou saber. Uma coisa sem nome.
Ela não grita. Não corro mais. Ruas, vielas, becos, a noite sobre minha cabeça. Miséria. Cachorros nos meus calcanhares. Um fedor de pobreza em tudo. Miséria. Dormem. Todos dormem, os que vão dar em nada na vida.
Dou com a rua principal. Um pega-corno passa. Eu grito: eeeeeei! O pega-corno pára. Corro.
— É o último.
— Sorte a minha.
Três passageiros, um deles bêbado de pedra. Fala alto, pro motorista, pros outros dois, fala comigo. Eles só sabem falar. Então falem. Não escuto. Tiro carrapicho das calças. Uma coceira de mato pelo corpo todo. Que falem. Eu me coço.
Salto. Caminho até o Rosaflor. Ninguém. E me lembro: a festa na casa da Lígia. A despedida de Evita.
Como aconteceu a mudança? Difícil de dizer. Pra quem não está acostumado a olhar pra trás, a ter um olho na nuca, olhar pra trás e pra frente ao mesmo tempo duplica as coisas, divide, dese-

quilibra. O *x* da questão, o jogo de búzios, o fio de teia de aranha do equilibrista. Mas, afinal, o que eu estou falando?

Lígia tinha me convidado, a mim e a todo mundo, pra festa. A casa, dos pais dela, fica na parte nobre e ocupa meio quarteirão. O longo muro de pedra desencoraja qualquer visitante, ainda que convidado. Trepadeiras de um verde quase de plástico dizem "cuidado com o cachorro". Os três portões no muro — dois pros carros — dizem algo parecido. Sobre o grande portão central um lampião antigo olha de uns cinqüenta anos atrás e diz "venho de longe".

É quase uma fazenda, uma aldeia. No centro do vasto gramado "não me pises" a grande piscina oval sonha corpos de senhores barrigudos de tanto vencer na vida. Três escadas de pedra — uma no centro e duas nas laterais — levam até a casa de oito janelas e fachada de mármore. Isso tudo deve valer um ano de mortalidade infantil.

Com uma sensação de vômito nas profundezas da alma, atravesso o gramado e entro na zorra. A casa é grande, mas mesmo assim, ou por isso mesmo, transborda de gente. Abro caminho em meio a um nevoeiro de corpos e caras.

— Onde está Lígia?
— Quem é Lígia?

Grudo no balcão de bebidas — são quatro — e quando meu cérebro começa a boiar em álcool as coisas começam a ficar claras. "Pra quem?" "Não sei." Ótimo. Já estou conversando comigo mesmo. Copo em punho, zanzo pelo salão de danças. Muitos casais trepam em pé, encostados no muro. Só que não tem muro. "A música é um muro", penso profundo. Desemboco num corredor cheio de portas e pelo número de corpos que atravancam a passagem decido que a festa vai avançada.

Me fixo em outro balcão de bebidas. Meia hora depois saio à caça de um banheiro. A minha parte na festa não está sendo lá muito brilhante.

Atravesso bravamente o corredor atulhado de cadáveres e consigo chegar ao banheiro. Em vão. Duas gurias seguram firmemente uma terceira pra que ela não vomite a própria cabeça.

— Estou apertado.
— Não vê que ela está passando mal?
— Eu não posso mijar nas calças.
— Mija no copo.

— É pequeno demais.
— Aí, cara, se vira.
— Não, obrigado, se virem vocês.
Mijo na pia.
Saio pro ar livre. Nos fundos da casa tem um morro, o mato cresce alto. Se alguém quiser assaltar a casa, tem que vir por ali. Ando mais. Tem de tudo: sauna, salão de jogos, viveiro, casa de caseiro. É uma aldeia.

Entro no salão de jogos. Três mesas de bilhar, todas ocupadas. Jogam, fumam, cheiram. Fico solidário e jogo, fumo, cheiro. Bebe-se também. E bebo.

Deslizando pelas maranhas de couve-flor do meu cérebro, alcanço a região das alucinações.

— Até que enfim te encontro — diz Evita.

Mas já não sei quem é ela. Está vestida com um longo branco, azul e vermelho, bem decotado. A meus olhos borbulhantes parece uma noiva enrolada numa bandeira, no meio de uma carga de cavalaria contra estudantes e trabalhadores na Cinelândia. Só os cabelos, penteados em cachos, estragam o equilíbrio do quadro, que pede lágrimas lacrimogêneas, sangue e equimoses.

— Oi.
— Oi.
— Não está me reconhecendo?
— Claro.

Que não. Saímos. Ela caminha pelo gramado, um vulto, um perfil, uma passeata, uma mulher enrolada numa bandeira. Tira os sapatos e joga pro alto. Senta na beira da piscina e começa a chapinhar com os pés dentro d'água. Sento a seu lado, mas o papo não engrena. Não me conheço.

Entro de novo na festa sabendo que amanhã será o esquecimento disso tudo, copos vazios, poças de vômito, cacos, restos, corpos. Mas já não tenho certeza.

Passeio meus olhos à procura de um rosto, de um fantasma da memória. De nada valerá minha decisão porque eu não saberei encontrá-la, a essa mulher de uma vida, não saberei o que lembrar. De qualquer forma, tenho certeza que ela não veio.

As pessoas vêm e vão, em grupos, cantantes. Pelos quartos e corredores, há gente dormindo. Uma mulher loura e de olhos profundos como dois gatos me sorri. Será ela? Arrebentando as rédeas com os dentes, meu coração dispara. Me aproximo. Sorrindo, ela me estende um copo vazio na ponta de um braço roliço onde penugens suaves são como campos de trigo em miniatura. Caminho até o balcão de bebidas. Minhas mãos tremem. Sirvo uma dose pra mim e engulo. Sirvo outra. Sento a seu lado e seu sorriso é uma lua imóvel. "Se eu abrir a boca, vou descobrir que estou gago", penso. Me estendo no chão. O que será que está acontecendo comigo?

Sonho com muros altíssimos, de pedra, quase uma cidade, e enormes ondas azuis querendo saltar sobre os muros. Num deserto, uma interminável ponte de madeira levava ao mesmo deserto. Sobre a ponte, eu falo a um grupo de pessoas de várias idades a quem só em último caso confessaríamos onde estava o tesouro oculto.

A ponte leva à cidade fortificada. É a cidade dos iabluts. Durante séculos, os iabluts são perseguidos e massacrados. Apesar de tentarem conviver com a humanidade, todos os povos do mundo sacam neles alguma coisa — um cheiro, uma aura, um dom — que não é daqui, que pertence a uma outra realidade. Daí os ódios e os crimes contra os iabluts.

Tinha sido diferente. Antes, os iabluts viviam numa terra de utopia aberta entre o vermelho e o negro, sempre resistindo às tentações da idolatria e às ameaças de invasão do mundo real. Viviam em fuga do vermelho pro negro e do negro pro vermelho. Havia um toque mágico nessa fuga: o afastamento de uma vida sob o jugo dos sentidos ou das forças estrangeiras, e a caminhada até uma forma de vida superior, livre e em completa harmonia. A vida iablut era uma encruzilhada aberta a todas as direções e um oásis fechado a toda realidade.

Os fiéis cantavam hinos a deuses completamente improváveis. Entre todos, um deus sem nome inspirava medo, e tinha nascimentos monstruosos, mortes terríveis, renascimentos cataclísmicos. Seus desígnios eram falíveis, seus julgamentos marcados pela injustiça e suas ações marcadas pelo horror.

Até que Zagor dominou todos os deuses e reinou. Ele era filho de um obscuro deus menor, meio serpente, meio iablut. Ele degolou todos os outros deuses e aumentou sua divindade ao se apoderar do disco mágico do deus-sol.

Dragnav foi o primeiro grande sacerdote de Zagor. E fez de tudo pra acabar de vez com os cultos aos deuses anteriores, que resistiam na mente polimórfica de muitos iabluts. A aparência de Dragnav era quase humana, mas sua língua partida ao meio denunciava o deus a que servia. De imediato, ele começou a procurar um local pra construir uma nova capital que pudesse dedicar a Zagor. Escolheu a margem oriental do oásis, mas muita próxima ao mundo humano. Era uma planície arenosa e habitada por serpentes emplumadas. Em cinco anos-iabluts de trabalho mágico, a cidade ficou pronta, com suas casas, seus templos, suas estátuas, suas fontes, suas fogueiras, seus estádios. Mas as serpentes invadiram todas as ruas e todas as construções, e nem um iablut sequer pensou em morar nela por cem anos. Até que, numa longa noite branca, as serpentes desapareceram e os iabluts foram habitar a cidade de Zagor.

A partir daí a cidade cresceu e passou a chamar a atenção dos humanos. Os homens não pouparam esforços e crueldade pra escravizar os iabluts.

Agora, no ano 1000 da Era Negra, Vanglass, um grande mago iablut, inventa um ser feito de palavras sagradas, encantamentos, sonhos e outras alquimias. Dá a ele o nome de Gondrag. Gondrag é um gigante de aparência monstruosa e só obedece às ordens de Vanglass, o mago, e de sua filha, Ligyah. Gondrag é uma máquina de guerra que Vanglass — num momento de terror — inventa pra proteger sua filha e os iabluts dos inimigos humanos.

Sob o comando de Ligyah, a quem obedece como um cão, Gondrag passa a vingar todos os crimes cometidos contra os iabluts. A força desumana de Gondrag atinge os inimigos de forma impiedosa.

No princípio, os iabluts exultam. Mas a reação dos humanos passa a ser cada vez mais violenta. Enquanto isso, Gondrag começa a cavar sua própria destruição: o amor fará dele um ser mortal, e Gondrag se apaixona por Ligyah. Sua paixão é correspondida.

Vanglass vive esse drama familiar — a paixão entre a filha e o ser que ele criou — quando os grandes sábios iabluts vêm lhe pedir a destruição de Gondrag. Com pesar e prazer, Vanglass começa a estudar uma forma de destruir Gondrag.

Na noite de 16 de junho de 1010, Gondrag entra na cidade de Dalat pra vingar o massacre de seis jovens iabluts. Os assassinos estão numa taberna, bêbados, comemorando. Gondrag mata a todos numa luta feroz, mas é ferido: o amor o transformou num mortal como outro qualquer. Ele sai cambaleando pelas ruas de Dalat. Tudo o que ele quer é chegar até Ligyah, morrer a seu lado.

Vanglass está em seu laboratório. É um lugar intemporal, uma casa de magia, uma oficina, um ateliê de artista. Vanglass pronuncia palavras sagradas sobre o barro. Uma porta se abre, e Vanglass entra por ela: ele tinha descoberto um universo paralelo, o mundo de Dragnav-Zagor, que seus inimigos chamarão Drakon.

Vanglass fecha a porta. Ligyah está na sala, andando de um lado pra outro, angustiada. Surge Gondrag, ferido. Ele cai, Ligyah o abraça. Gondrag olha pra Vanglass como um escravo e pra Ligyah como um amante. Gondrag põe a mão direita sobre o ventre de Ligyah. Sua mão brilha, e o brilho se estende sobre todo o corpo de Gondrag e Ligyah. A luz diminui, e Gondrag desaparece como um pequeno sol que se põe.

Ligyah fica inconsolável. Ela nunca vai se recuperar dessa perda. Os iabluts vão chamá-la de "a louca" ou "mãe da luz", já que ela não esconde de ninguém que foi fecundada pela energia poente de Gondrag. Seus filhos serão iabluts normais, mas sempre estranhos, como se pertencessem a uma outra irrealidade do irreal mundo iablut.

Entre os homens que Gondrag matou em Dalat estava o príncipe herdeiro de Endor. Reis de todo o mundo são avisados e ordenam que seus exércitos exterminem os iabluts da face da Terra. Sem piedade.

Os sábios iabluts se reúnem. As opiniões são divergentes: implorar a piedade dos reis; partir para a resistência armada; optar pela fuga e pela clandestinidade. Os mais desesperados pedem a Vanglass um exército de Gondrags.

Vanglass diz a eles que não pode nem quer fazer mais Gondrags. Mas pode dar a eles uma clandestinidade radical: a invisibilidade, o mundo paralelo de Dragnav-Zagor.

Enquanto os sábios discutem, o massacre corre solto. Os iabluts escolhem: eles adotam a invisibilidade, e vão pro mundo paralelo de Dragnav-Zagor. Vanglass instala a entrada do mundo paralelo num local ultra-secreto. (Não tão ultra-secreto assim: no castelo do príncipe Svetlan Nyotz, aliado dos iabluts.)

Iabluts de todas as partes recebem as mensagens secretas e se encaminham para o castelo. Muitos não conseguem chegar.

Em 1110, não há mais um único iablut na face da Terra. Em 1210, eles passam a existir apenas na memória dos humanos, como uma lenda, uma fantasia. Em 1310, ninguém se lembra mais deles.

A vida dos iabluts do mundo de Dragnav-Zagor não é nenhum mar de rosas. Passa o tempo, mas eles não se desligam totalmente do mundo humano: por trás de cada grande descoberta tem um dedo iablut. Aparições de disco voadores, de almas de outro mundo, inventos espetaculares, qualquer acontecimento inexplicável pode significar uma intervenção iablut em nosso mundo, embora nem sempre seja isso.

No ano 3515 do calendário Dragnav-Zagor, os grandes sábios se reúnem no velho castelo, agora chamado de Porta da Redenção. O castelo existe nos dois mundos, como entrada e saída de iabluts. Os grandes sábios, seguindo o desejo da maioria do povo iablut, procuram encontrar um meio de voltar a viver entre os humanos. Jan Nevski, o mago supremo, acredita que ainda não é o momento da volta: os humanos ainda não estão preparados. O tempo passado em Dragnav-Zagor trouxe mudanças radicais nos costumes, idéias e corpos dos iabluts. Eles se tornaram venenosos e levarão a peste ao mundo humano. Mas o voto de Jan Nevski é vencido, e o conselho decide enviar uma delegação iablut às grandes potências, com o objetivo de negociar a volta dos iabluts ao convívio com os homens.

Jan Nevski é uma projeção astral de Vanglass. Ele comandará a delegação iablut aos governos terrestres. Com ele virá também Isadora Cristel, cientista, o mais belo produto feminino iablut. Ela é a projeção astral de Ligyah.

Eles estão vindo. Eles já estão aqui. Eles já chegaram.

Acordo, e a loura tinha evaporado. A sensação de perda se alastra, viscosa. Eu sou um iablut. Então, reúno os músicos e mando a orquestra tocar. A música invade todos os cantos como uma fonte de energia eterna e inesgotável. O salão se enche de novo. Um ânimo incandescente volta a correr nas veias de todos os convidados. O salão está apinhado. O vapor dos corpos forma um nevoeiro inebriante. Agora, sim, a festa pode realmente começar.

Eu me planto no meio do salão e o turbilhão de gente gira ao redor de mim. O carrossel de corpos gira e eu permaneço fixo em meu próprio centro. Homens e mulheres, velhos, crianças, adolescentes, eles giram, giram, giram, giram cada vez mais rápido, cada vez mais loucos, cada vez mais alucinados. Giram, giram vertiginosos ao redor de mim.

Então, num movimento solene, eu arranco a minha máscara e mostro meu rosto iablut. Rasgo as roupas com gestos precisos e ofereço em espetáculo meu corpo coberto de chagas, feridas, úlceras e calombos cheios de pus. O meu fedor insuportável se espalha como uma invisível nuvem de insânia.

Grito:
— Eu sou a peste!
O tempo se torna palpável e vai parando lentamente.
— Eu sou a peste! — grito.
A multidão tenta fugir, mas um arrepio mortal paralisa a sua fuga. Imediatamente, eles começam a tombar um a um, fulminados pelo meu poder corrosivo.
É o fim da inocência. É o fim da inocência e eles se arrastam numa arfante agonia. Feridos em seu sexo, eles morrem abraçados, amontoados uns sobre os outros, morrem aos casais, morrem solitários, enquanto a música abafada vai se transformando num silêncio de luto. Num estertor de desespero, sorvendo o último gole da vida, eles percebem que a beleza é perdição. O amor deixou cair a máscara feita de desejo e revelou sua verdadeira face de vampiro sanguinário.
Pelo menos dez conseguiram fugir. Vão se arrastando e se desfazendo pelos altos espaços do palácio imenso. No quarto da rainha, sobre sua cama de quase cinco metros, agonizam todos os princípes. O rei morre no salão de meditação, no meio das vinte bailarinas do balé real que dançavam nuas para sua majestade. O primeiro-ministro, cercado por todos os empresários do reino, está no grande salão oval, e uma baba verde escorre de sua boca. Todas as putas que não estavam doentes foram convocadas para a grande bacanal cívica, na sala das nações, com a presença de representantes de toda a Terra conhecida. Não duraram mais que um momento.
Percorro todas as dependências do imenso palácio, e a peste está em toda parte. Eu sou a peste. E ninguém vive pra me ver.
Então saio pela cidade. Paro diante de um edifício, na zona sul da cidade. São vinte andares subindo até a lua negra que paralisa o céu. Vejo uma luz se acender e sei: o homem acordou com minha presença dentro de seu quarto. Assustado, sacode a mulher, e os dois ficam respirando no escuro, farejando minha presença. O homem toma coragem e acende a luz. Não vê nada. O homem e a mulher soltam gritos de pavor. Nua, já apodrecendo, a mulher entra no quarto das crianças. Acende a luz e vê que o mesmo horror atingiu os seus filhos. A mulher grita. As crianças gritam. Esmurrando a porta, o homem grita. Agora, todas as luzes do edifício estão acesas. As luzes todas fazem agora uma imensa pilha de caixas sobre caixas sobre caixas sobre caixas sobre caixas sobre caixas

sobre caixas sobre caixas com janelas iluminadas. Todos os gritos agora são um único grito. Um corpo cai. Outro corpo cai. São três os corpos que caem sobre a calçada de pedras pretas e brancas. Uma pequena multidão de homens, mulheres e crianças consegue chegar até a portaria e vai tombando ali, no hall dos elevadores. A multidão aumenta, mas a saída está fechada. E homens e mulheres e crianças vão se acumulando uns contra os outros, uns corpos já se desfazendo, outros se mumificando, muitos se empedrando, até que a pressão dos corpos quebra os vidros e eles inundam a calçada com o que sobrou de sua perdida humanidade. É o último som: vidros quebrando sob a pressão de corpos. Agora o silêncio é total dentro do edifício iluminado.

Caminho pela cidade e os bairros pobres também estão coalhados de corpos. Vou até o rio e atravesso até a outra margem pisando os cadáveres que bóiam porque parecem couro curtido ou borracha enrugada. Os empedrados foram ao fundo. Muitos se dissolveram. Na estrada pra fora da cidade há um quilométrico engarrafamento. Milhares de carros batidos resfolegam dentro da noite. Motores rugem, buzinas tocam insistentes, mas não há motivo pra alguém dar passagem: daqui não se vai a lugar nenhum. Vou desligando os motores um a um, desligando os faróis e as setas, tirando a cabeça que aciona a buzina de forma involuntária. Todos foram pegos de surpresa. Estão com sapatos diferentes ou sapatos iguais com meias diferentes. Estão descalços. Estão de pijamas. Estão nus. Estão sozinhos. Conseguiram reunir a família inteira. Todos correram pra seus carros como se ali estivesse uma tábua de salvação. Todos se afogaram no abraço da peste. E agora empedram, se vitrificam, se dissolvem.

Atravesso um imenso milharal e, no meio dele, um imenso galpão. Dentro do galpão estão milhares de cachorros sem seus donos. Eles estão ali, o rabo entre as pernas. Não latem. Ao perceberem minha chegada, todos fogem para dentro do galpão. Eles sabem que eu sou a peste. Sempre souberam. Nenhum deles vem se deitar a meus pés. Nenhum deles rosna ou ameaça morder. Sabem quem eu sou. Sabem que não adianta me abanar misericórdia, me roçar clemência, me lamber perdão. Fecho a porta do galpão e acendo pontos de fogo. O galpão queima como uma imensa pira e eles morrem lá dentro sem um ganido.

Saio pelo campo, atravesso o rio pisando de novo o tapete cada vez mais fofo dos afogados. Entro no cemitério, e os mortos estão felizes: eles não viveram pra ver a peste e o que virá depois da peste.

Subo a montanha e sento debaixo da imensa estátua do deus. Espero que o dia nasça da noite. E, quando o sol vem, vejo a cidade deserta, o rio coalhado, a estrada intransitável. O aeroporto pesa enorme, cheio de aviões grudados nas pistas, presos nos hangares. O sol vem e brilha em vão. Brilha deserto. Há um monumental silêncio vazio: nenhum canto de pássaro, nenhum choro de criança, nenhum vento. Nem o vento diz uma palavra. Há apenas a luz do sol sobre o mundo. Mas não é uma luz que brilha ou ilumina. É apenas uma luz que enlutece tudo de amarelo. A luz do sol de um mundo desabitado. A luz de um sol depois do fim do mundo. Viro as costas pra cidade e olho o mar. O mar é um imenso cemitério de navios, um olho portentoso que olha, nada vê e não chora. E o céu se move: uma interminável nuvem negra se afasta em círculos. São os urubus: eles desceram para fazer o que sempre fizeram desde o início dos tempos, mas logo se dão conta de que aquela é uma nova morte, e fogem pelo céu, em círculos cada vez mais altos.

Desço da montanha e caminho pela cidade. Os ratos chispam pra longe de mim, aos guinchos. Não há mais nada a fazer aqui. E me preparo para novas visitas. Pelo mundo, ainda há lugares com vivos e esperanças. Eles vão me ver chegar e não terão tempo de escapar como os ratos.

Entro no palácio e vejo o tal de Jan Nevski sentado no trono, ao lado de Isadora Cristel. O palácio está limpo e com certeza é um novo palácio, tirado de outra dimensão. Jan e Isadora dizem que exagerei, que devo me conter, que eles precisam de gente viva. Afinal, de que eles viveriam?

Eu digo que tudo bem. Eu vou me conter. Mas aviso que não gosto de ninguém metendo o bedelho no meu trabalho. Eu sei o que estou fazendo. "Você é um monstro", dizem eles, rindo. "Vocês ainda não viram nada. Vocês não sabem da missa a metade", eu digo. Eles não riem mais, e me olham como quem comete um engano e percebe que é tarde pra qualquer remendo. Eu rio. E saio pra semear.

E acordo. Há corpos espalhados por todos os cantos. Tenho sede e caminho entre os corpos à procura de alguma coisa para beber. O sol entra pelas janelas filtrado pela neblina amarela. Tremo de frio. Estou nu. Tremo muito além do frio. Sinto ânsias de vômito e sei que o banheiro está atulhado de corpos. Consigo transformar o vômito num grito azedo. Grito. Uivo. Ninguém acorda. Minha cabeça transborda como jarra trazida dentro duma bandeja. Estou nu. Procuro uma calça, uma camisa, um sapato. Tenho sede. Caminho até a porta e tremo, porque não tenho certeza do que vou abrir. Vou abrir a porta e não sei em que mundo vou me abismar. Caminho até a porta, as minhas mãos tremem, meu corpo treme. E acordo.

Esse foi o primeiro dia do ano da peste.

14

Vou andando pela 18 do Forte na direção do Mutuá. Um pouco antes da delegacia de polícia, do outro lado da rua, o Elias e sua sombra, o Moela. Os dois não podem ser vendidos separadamente.

Atravesso a rua. Elias é um cara moreno, altura média, magro. Tem alguma coisa nele, logo à primeira vista, que parece fora de esquadro. Olhando com mais atenção é que se nota que tudo nele pertence a uma pessoa maior. Os pés, as mãos, a boca, a orelha, o nariz, a cabeça do Elias, tudo foi feito prum sujeito com mais de um metro e noventa, prum jogador de basquete, não prum jogador de pingue-pongue, que é o que ele é, na aparência. A isso tem que se acrescentar mais duas coisas: o bigode fino, que ele trata como se fosse um bicho de estimação, e os olhos castanhos, quase amarelos, que ele usa parados, tentando furar o que vê, uma óbvia tentativa de mostrar inteligência, senão loucura. Cada um vive como quer.

Elias abre os braços, expansivo.

— Como é que é, rapaz, você por aqui? Tudo bem?

— Tudo bem.

— Como é que é, malandro, perdido por aqui? — diz Moela, um sorriso cordial na boca quase sem dentes. — Tudo na mais perfeita?

— Na mais perfeita. — Aperto a mão de Moela, o Sombra, e sinto pena dele, é irreprimível.

— Está fazendo alguma coisa? — pergunta Elias.

— Não. Nada.

— Então vamos dar um chega lá em casa.

— Vamos lá — ecoa Moela.

Cheio de boa vontade, sigo entre os dois. Elias me estende umas folhas grampeadas.

— Já leu?

Não. São vinte folhas grampeadas e na primeira está escrito *Geléia tropical*, 1ª edição, Editora Rosaflor. Nas outras, poemas, trovas, provérbios, piadas, minicontos de vários autores, inclusive Elias.

— A idéia é botar o pessoal pra pensar. Curtir é muito bom, ótimo, mas a curtição pela curtição não leva a nada.

— Não leva mesmo — repete Moela.

— O pessoal anda muito alienado. Um dia eu me perguntei: "Elias, qual é a melhor maneira de botar essa gente pra agir?" A primeira idéia que me veio foi fazer um filme. A tribo toda participava do filme. Uma coisa sem roteiro, sem nada, cada um sendo ele mesmo.

— Cada um na sua — diz Moela.

— A idéia era ótima, mas a realidade é essa merda que a gente vê e tem que tapar o nariz. Quer dizer: sobrava material humano, mas faltava a grana. O capital. Engavetei a idéia e parti pra outra.

— Idéia é o que não falta — ajunta Moela.

— Aí resolvi fazer um livro. Saía mais barato, e a galera participava do mesmo jeito. Comecei a pedir material pro pessoal. Poema, pedaço de diário, uma notícia de jornal, bilhete escrito em guardanapo, cantada. Meu irmão, não foi fácil.

— Não foi fácil mesmo, meu irmão — diz Moela.

— A moçada sempre adiava: "Não estou inspirado, amanhã eu trago, podes crer." Aí dei o maior esporro, né? Cambada de alienados, etc. e tal, essas coisas. Mesmo assim levei três meses pra preparar essa droga aí. Na próxima vai mais rápido. Quando eles derem de cara com o nome deles no livro, aí eles vão ver que o negócio é sério. E dez paus cada um está barato.

— Uma pechincha — diz Moela.

Morro em dez paus, e não pio.

— Você também pode participar da transa.

— Vai ser uma boa — reforça Moela.

— Obrigado.

Na varanda da casa, dois enormes cães policiais. Elias grita Leão e Pantera, e os dois ficam imóveis.

— Vai entrando.

— Vai entrando.

15

É um casarão e, por dentro, tem uns cem anos de idade. Móveis pesadões atravancam todos os espaços. Um cheiro indecifrável e opressivo paira como a presença de um doente. Vinda de alguma parte da casa, uma velha aparece. Olha pra nós e desaparece como se tira um retrato da parede. Puxando a chave do bolso, Elias abre uma porta e entramos num quarto que é quase um salão. Ele tranca a porta.

— Seja bem-vindo.
— Seja bem-vindo.

Um colchão encostado na parede, dois caixotes abarrotados de livros, dois violões, uma vitrola portátil, discos, um cavalete, vidros, garrafas, tubos de tinta, e quadros por tudo o que é lado. Elias abre a janela e o cheiro de tinta começa a ficar menos denso. Depois ele pega no violão. Moela pega no outro e os dois começam a tocar, sentados no colchão. Fazem fundo musical pra eu olhar as pinturas.

Passo em revista os 38 quadros e os 32 desenhos com um sentimento de angústia e de impotência. Uma indigestão total de homens-pássaros e mulheres-árvores. Uma enraizada idéia fixa até o infinito. Até o teto, vá lá. Nem um só cavalo apenas cavalo, nem um só rosto apenas rosto. A realidade é uma merda, a gente entende, mas não precisa exagerar na hora de dar asas à imaginação.

Meia hora daquilo e não me sinto bem. É a mesma coisa que ver TV com duas cabeças, uma delas querendo mudar de canal.

— Gostou?
— Gostou?
— Muito bom — minto. — A coisa que eu mais gostaria na vida era saber pintar. Mas sou cego das duas mãos.
— A arte é um dom.
— Um dom.
— Mas no fundo todo mundo é um pouco artista — me consola Elias.
— É isso aí — Moela dá força.
— Já pensou em fazer uma exposição? — pergunto.
— Fiz uma no Rio. No MAM. Mas esse negócio de exposição não está com nada.
— Está por fora — diz Moela.
— Mas sempre ajuda, não é?
— Se o trabalho é bom, não precisa de propaganda.

— Não precisa.

Fico na dúvida, sobre o MAM e a propaganda. Pergunto por perguntar:

— Existe um bom pintor por aqui? Ou pintora?

— Se tem, não conheço — diz Elias, com insuspeitado desprezo. — Uma quadrilha de pintores de paredes. Como Hitler.

— Como Hitler.

— Não escapa ninguém? Nem um?

— Esta cidade é pior do que no tempo das cavernas. — Elias me finca os olhos como um competente colecionador de borboletas. — Só que no tempo das cavernas eles pintavam melhor. Pra ser sincero, aqui só tem pichador de muro.

— E como tem!

Deixo morrer o assunto. Faço o que se faz nessas horas de extrema-unção: começo a mexer nos discos. Rock, mais rock, pouca música brasileira. Depois, os livros: astrologia, teosofia, Fernando Pessoa. Uma coleção de revistas *Planeta*. Abro uma: "O mistério dos discos voadores", "É possível a comunicação com os mortos", "A terceira visão", "Encontrado o continente perdido". Fecho a revista.

— Qual o teu signo? — pergunta Elias.

— Qual?

— Câncer.

Entramos no que se pode chamar o vácuo absoluto do papo.

— Eu sabia.

— Tava na cara — diz Moela.

Dia, mês, ano, hora do nascimento.

— Pelo horóscopo chinês você é cachorro. Cachorro ou cabra.

Elias se levanta pra conferir. Revira tudo. Não encontra o horóscopo chinês.

— É por isso que eu não gosto que arrumem essa porra. É difícil as pessoas compreenderem que em nossa bagunça há uma ordem secreta que elas desconhecem. Não faz mal. É cachorro ou cabra, depois eu vejo.

— O bagulho ainda está aí? — diz Moela, tomando a iniciativa pela primeira vez, ainda que através de uma pergunta.

— Claro.

— Vamos lá?

— Vamos nessa?

— Vamos lá.

Os dois se entendem.

16

Elias coloca o pó num prato raso e esquenta o prato com o isqueiro. Pega uma gilete e divide o pó em três carreiras.
— Tem uma nota?
— Tem?
Entrego a nota, estalando.
— Primeiro os visitantes — Elias me estende a nota-canudo.
Inspirei, primeiro com a narina esquerda, depois com a direita, e estava inspirado. Me debruço na janela, sentindo o alívio de ter como paisagem um muro vazio e um pedaço de telhado da casa vizinha.
— Essa é pura — debruça-se Moela a meu lado.
— É pura — eu ecoo.
Elias bate mais três carreiras. Talvez ele tivesse o talento de um pardal, mas não era mão fechada. Olho os quadros de outro ângulo. Não voam. Não me comovem.
— Se quiser, pode levar o que você mais gostou — diz Elias.
— Não, obrigado, não é bem isso. — Ergo os braços, quase em pânico.
— Pode levar.
— Pode levar, cara.
— Não, deixa como está, quando eu tiver meu cafofo, numa boa, aí tudo bem.
— Tá legal. Acho que vou dar ou emprestar, emprestar os meus quadros a meus amigos. Foi uma idéia, que me veio agora. Minha produção está aumentando, e eu preciso de espaço. Emprestando, eu tenho duas vantagens: ganho um espaço e preparo meu futuro público. Que tal?
— É uma boa — diz Moela, fiel convicto.
— Eu só fico besta de não ter pensado nisso antes.
— Eu também.
— As idéias mais simples são as mais difíceis — digo de bobeira, meio incomodado com o duplo sentido da frase.
— Você está dizendo a mais pura verdade.
— A mais.
— Você saca alguma coisa de alquimia? — pergunta Elias. — A alquimia é a ciência da simplificação total, da unificação, a vitória da unidade sobre o múltiplo. A alquimia devia ser ensinada nas

escolas. É uma ciência exata. Mais exata do que muita lavagem cerebral que existe por aí.

— Lavagem cerebral é o que não falta — diz Moela.

Por fora do assunto, temendo uma conferência, calo o bico. Mas Elias se contenta em olhar para dentro. Está em ebulição química. Moela tira um disco da capa, mas se arrepende no meio do caminho.

— Vamos dar uma andada por aí?
— Claro.
— Vamos lá?
— Vamos nessa?
— Vamos lá.

17

Não passam do bar em frente. Resolvem jogar sinuca, melhor de três. Eu jogo com o vencedor. Pedem cerveja. Peço vodca.

Não se trata de um jogo, mas de uma descabelada trapaça. Moela mata bem, defende melhor, sai em vantagem, mas Elias ganha. Vai ganhar todas. Descubro que Moela é um perdedor profissional.

Duas gurias passam de braços dados. A lourinha com cara de boneca velha e pernas grossas olha pra mim com olhos compridos. Moela acaba de perder, por cortesia, uma bola impossível de se perder. A lourinha continua me encarando. Pra terminar com a brincadeira de cobra e passarinho, desgrudo do balcão. Ela dá um gritinho, leva a mão à boca e sai no pinote. Parece até que eu me chamo Bofetada. Fico parado na porta do bar, olhando. A lourinha puxa a outra pela mão, a outra quer que ela pare e as duas olham pra trás, olham pra mim, apavoradas.

Volto ao balcão, engulo minha vodca. Elias acaba de ganhar a segunda partida. E me lembro. Automaticamente meu corpo começa a coçar, as urtigas da imaginação, a sarna da memória. Se eu passasse a mão na barra da calça, começaria a catar carrapichos.

— Hoje eu estou de azar — diz Moela.
— Você sempre está de azar — diz Elias.
— Mas assim já é demais.
— Você ainda não viu nada.

Penso. A lourinha corre pela 18 do Forte e também comicha. "Me solta, me larga", diz pra outra. A amiga aponta o anúncio amarelo onde se lê em letras vermelhas *Polícia*. Atravessam a rua, um ônibus quase atropela as duas. Entram na delegacia, um escrivão lhes oferece um copo d'água, ela bebe chocalhando os dentes, a lourinha. Recusa um lenço e enfia a cara de boneca velha entre as mãos. A amiga conta sua história enquanto o delegado bate com a caneta na mesa e coça o saco com a mão esquerda. Exagerando um pouco, ela desmaia. O delegado chama o comissário de plantão. A amiga faz ela sentar numa cadeira e dá meia dúzia de tapas na sua cara de boneca velha. O comissário faz uma cara de safado, mas está disposto a cumprir o seu dever.

Podia dar outro bicho na cabeça. O chato dessa história é que eu tenho que ficar onde estou pra conferir. O mundo é pequeno demais. As pessoas que estão pegando fogo saem às ruas e correm em todas as direções, aos berros, quando lhes bastaria rolar pelo chão. Eu sou um cara do tipo que não gosta de ficar rolando no chão.

Pago a cerveja e a vodca.

— Vou me adiantar.
— E o jogo?
— E o jogo?
— Hoje não. Deixa pra próxima.
— Tudo bem.
— Tudo bem.

18

Tomo uma transversal e faço o melhor que posso pra não correr. Uma sirene geme ao longe. Pode ser uma ambulância. Um carro de bombeiros. A noite cai cor de vinho, vampira. Não seria nada mau morar nesse pequeno bolsão de riqueza da cidade, com ruas asfaltadas, as casas espaçosamente elegantes, os gramados como grossos tapetes. A cidade é um deserto de pobreza, ruas de lama e merda e, de repente, esses oásis.

Garotos de patins deslizam sobre o asfalto polido. Meninas jogam amarelinha e chicote queimado sob o olhar violeta das luzes públicas. Gritam de alegria, e seus corpos em floração suam saúde e proteína. Aqui se lava cachorro com xampu.

A rua sobe. O grito das crianças nas minhas costas, o risco dos patins do asfalto. Um carro vem subindo. Fico duro. Se me virar, torço o pescoço feito uma galinha. O carro passa por mim e pára duas casas adiante.

— Chega pra lá.
— Não entendi.
— Chega pra lá. Não é pra entender.

Empurro com força e ela cai no fundo do carro, boquiaberta, arregalada. Saio com o carro, os pneus cantando.

Duzentos metros adiante acaba o asfalto e a iluminação. Esses oásis, como não pode deixar de ser, pela lei da selva, são pequenos, duram um nada.

— Mas o que é que está acontecendo afinal? Pare esse carro. Eu exijo!
— Cala a boca!

Ela começa a cheirar a medo. Tenta segurar o volante. Piso no acelerador e dou-lhe um bofete. Chora. Com a mão esquerda quer unhar meus olhos, com a direita abrir a porta. Seguro firme nos cabelos dela e puxo.

— Me larga!
— Não complica as coisas — digo com voz de pastor protestante, puxando. — Eu só quero dar um passeio. Conversar um pouco. Não quero fazer mal a ninguém. Por que a gente não pode conversar um pouco, dar um passeio? É só isso, mais nada. As pessoas complicam tudo.
— Mas eu não conheço você.
— Nem eu te conheço. É o melhor jeito de se conversar.
— Está me machucando.
— Não se preocupe.
— Meu marido é do Exército!
— Sargento, tenente ou capitão?

Não sabia conversar. Nem mentir.

— Você é feliz? — pergunto.
— O quê?
— Perguntei se você é feliz.
— Até meia hora atrás eu era.
— O bom do mundo é que a gente não sabe se vai ser feliz meia hora depois.

19

Buzino três, quatro vezes. Um bebê chora lá dentro da casa, o próprio bezerro desmamado. Gente sai de tudo o que é buraco, homens e mulheres, os pobres da Terra, os deserdados, os miseráveis. Eles não morrem. Buzino cinco, seis vezes.

Salto do carro pra desemperrar as pernas. A porta da casa se abre e uma cara inchada de sono mostra os bigodes. A porta se fecha de novo. Demora um pouco e a criança pára de chorar.

Gérson vem, de bermuda e chinelo, abotoando a camisa. Está pegando uma barriguinha, e o bigode mexicano não consegue esconder a cara de bom moço. As aparências enganam, pelo menos a quem acredita em aparências.

— Que esporro é esse? — diz ele, um olho em mim, outro no carro.

— Estou te caçando a noite toda. — Estendo a palma da mão e ele bate.

— Já vi que te dei trabalho.
— Você devia juntar as mulheres.
— Não funciona.
— Vale a pena tentar. Um harém.

Ele ri. Tem orgulho de suas três famílias, e é só falar nelas e esse orgulho pinta na cara dele. No tempo em que ele se chamava Pinto, era um dos poucos caras que eu conhecia que tinha todos os dentes. Um dia apareceu com um canino de ouro, escancarando a boca, riso rico. O dente ainda está lá, mas não me lembro porque chamavam ele de Pinto. Não era sobrenome.

— Mudou de ramo? — Ele senta ao volante.
— Não. Foi acaso. Acidente.
— Essa é barra pesada.
— O que não é barra pesada?
— É.
— Eu ia deixar por aí num canto de estrada.
— Bobeira.
— Mas depois pensei nas famílias que você tem que sustentar.

Ele ri. Dá um passeio com o carro e volta um pouco mais acordado.

— Como é que vai ser? — pergunta, comercial.
— Dinheiro vivo.
— Sem mistura?

— Sem.
— Vai ter outros filhotes?
— Não. Já disse. Foi por acaso. Não sei.
— O acaso ainda te pega.
— Eu sei. Isso eu sei. Eu sei o que faço.
— Difícil é começar.
— Você faz a sua parte. O resto é comigo.
— Falou, garotão.
Entra em casa e volta, um copo de café na mão.
— Vai?
— Não, obrigado.
— Conhece Laranjal?
— Conheço.
Me entrega um cartão: *Laranjal Lanternagens*.
— Procura o Jaime. Jaime Lanterneiro. Diz que fui eu quem mandou você.
— Ele faz o negócio?
— Não. Você entrega a mercadoria e me espera lá.
— Quanto?
— Lá a gente vê.
— Vai demorar?
— Não. Jogo rápido.
— Jaime Lanterneiro.
— Isso aí. Te cuida.

20

Meto o carro na estrada. O sol começa a secar a noite. Minha cabeça está no automático. Uma mulher tremendo de frio dentro de um uniforme de ginástica, a cabeleira negra, a chuva, você não quer dinheiro, não quer o carro, afinal, o que você quer? Quero você, e o dinheiro, e o carro. Coisas da vida. Apenas a vida, seus vazios, suas ruas desertas. O mundo é agora: estrada, bois à margem da estrada, plantações, distâncias ondulantes.

Saio da estrada, peço direção, me informam. Logo adiante, numa placa de madeira, *Laranjal Lanternagens*. Um cemitério de automóveis. Hospital, pra entrar no espírito da coisa. Um barracão no centro de um quintal baldio atulhado de carcaças. Alguns carros velhos e novos, inteiros, e o barulho de metal sendo massacrado.

Esperava coisa melhor, mas até mesmo a decepção já é lucro. Afinal, o nome do homem é Jaime, e não Ford.

Abro caminho entre lama e graxa, quase entendendo o que o ferro sente quando pega ferrugem. Um pretinho lambuzado de óleo até a alma surge debaixo de um carro. Não tem mais de dez anos.

— Quero falar com o Jaime?
— Seu Jaime?
— Esse mesmo.

Vou com ele até o fundo do barracão.

— Gato, esse moço quer falar com seu Jaime.

Vejo um corpo mergulhado dentro do motor de um carro, sendo brutalmente engolido, um corpo cheio de manchas brancas na pele amarelo-escura. Eles devem se lavar com palha de aço. A cara sai do motor junto com o corpo e a cara escrita de um gato. Não é à toa que os jornais dão manchetes quando aparecem cabras com rosto humano por essas bandas.

— Ele ainda não chegou — diz o Gato.
— Vai demorar?
— Já devia ter chegado.
— Eu espero.
— Algum serviço?
— Não. Só quero falar com ele.
— Ele já vem já.

E volta a ser engolido pelo carro.

— Esse carrão é teu? — pergunta o pretinho.
— Todo meu.
— Vai deixar ele ali?
— Tem outro lugar melhor?

O pretinho tira o carro da rua e estaciona próximo do barracão. Um sorriso largo na cara preta, um bichinho de circo. Vai passar a vida inteira mexendo no carro dos outros, até o dia em que alguém se aborreça com isso. Boto uma nota na mão dele, em homenagem à sua falta de infância.

— Estou ali na esquina. Quando o homem chegar...
— Eu aviso. Pode deixar.
— Garoto esperto.
— Olha a chave.

21

Entro no bar da esquina e tomo três cafés em meia hora. O dia promete calor e moscas. Nas duas meias horas seguintes vou três vezes à lanternagem. Dois novos empregados batem lata e suam graxa, dois homens, um preto e outro branco embaçado. Seu Jaime ainda não chegou. As duas horas seguintes passo comendo pastéis gordurosos e bebendo cerveja choca. Um garoto magro, as pernas muito compridas, empurrou duas dúzias de bois magros como ele pela rua afora. Um velho montado num burro vendeu peixe e laranja, aos berros, rimando tudo, cego de uma vista, um artista. Um bode velho e um bode novo trocaram cabeçadas ocas de pai pra filho. Um porco só osso e amarelo, comprido o bastante pra lembrar o cavalo do diabo, passou escorraçado por um bando de crianças esqueléticas e barrigudas. As maravilhas da vida rural.

O dono do bar diz pros fregueses que Laranjal já tinha sido melhor e eles concordam reclamando dos preços. E eu me pergunto o que estou fazendo aqui, uma sensação de ter capotado no tempo, um peso, depois um vácuo na cabeça.

Chegam juntos, o corcel e a patrulhinha da PM.

— Seu Jaime chegou — me avisa o pretinho.

Jaime e o sargento Gérson conferem o carro. Jaime, Jaimão, é do tipo peso-pesado, mistura de chofer de caminhão com açougueiro, a mãe deve ter sido levantadora de peso. Ri muito alto, cheira a policial aposentado, e não por tempo de serviço. O sargento Gérson faz um sinal: fica de fora. É uma ordem. Visto de dentro de um uniforme, o mundo é pra se pisar com botas, doa o calo de quem doer. Vão pros fundos do barracão. Na patrulhinha, o soldado acompanha a manobra pelo espelho. Me sinto infantil, na reserva. Devia ter dormido um pouco.

Longa conferência. Saem do barracão. Jaimão muge de alguma piada. O sargento Gérson sorri. Conversam me olhando através. Não querem testemunhas. Estou tão por dentro como o soldado no espelho. Me sinto pivete.

— Vamos tomar um café. — O sargento Gérson me segura pelo braço.

— Vão pensar que você está me prendendo.

Ele passa o braço sobre o meu ombro.

— Que é que há? Nervoso? Emocionado?

— Nada. Não gosto de uniforme.

— Tem lá suas vantagens. Ajuda, sabe como é que é.
— Você e a lei combinam muito bem.
Ele pede café. Peço uma tônica. Vou ao banheiro. Confiro a grana. Volto.
— Era melhor ter deixado na estrada — digo.
— Você está brincando.
— E o resto?
— Que resto?
Gargalho. Uma porca imitação da gargalhada do Jaimão.
— Você está se sentindo bem?
— Estou ótimo.
— Olha aqui, rapaz, você fez um negoção.
— Dispenso o papo.
Saio. Estou com dez anos de idade. Pivete. Tento ficar frio. A patrulhinha vem rodando a meu lado. O esporte do soldado é olhar pelo espelho.
— Qualquer coisa, estamos aí.
— Vai à merda, sargento.
— Cabeça fria, garotão, cabeça fria. Quem sabe na próxima a coisa melhora? Carona?
— Morre, sargento, fica cego.
Ele dá de ombros. Põe os óculos escuros. O soldado acelera. A lei.
Entro no primeiro ônibus que aparece e apago. Jaimão torce meu braço, pingando suor, mordendo os beiços, a veia do pesçoço esticada feito uma corda. Eu rio. A mulher se desespera. O sargento Gérson fala no microfone da patrulhinha: "Não adianta, é de borracha." O pretinho aplaude, pula de uma carcaça de automóvel pra outra. Eu penso: "Se cair, cai de pé." Jaimão começa a apodrecer. Iablut. Quem disse isso? Um sonho dentro de um sonho. O cobrador me sacode:
— Ponto final.

22

Niterói. Táxis chegam, ônibus partem e chegam, gente se esconde atrás de jornais como falsos detetives, espreitando, espionando. Tenho pena das polícias femininas, troncudas e atarracadas, parecem pais frustrados tentando manter a moral de uma família de bichas e lésbicas. Sinto cansaço.

Entro no Cavalheiros. Não tem letras, é só uma cartola e uma bengala. Talvez os analfabetos caipiras entendessem; se não, é ir pelo cheiro de mijo. Pago uma toalha, um pedaço de sabonete, uma tira de papel higiênico. Fico meia hora debaixo da água fria. Um cara canta, vaiam, continua cantando.

Já me sinto pronto e disposto. Também meio babaca. Negócio é negócio, está feito. Nada me impede de viajar, de tomar um chá de sumiço, ir até onde o dinheiro levar e depois voltar, ou não, tanto importa, nada me impede. Faço a ronda dos guichês. O alto-falante anuncia documentos perdidos e achados. Os relógios dizem uma e meia. Não estou preso a nada, estou no centro do círculo, todas as direções são possíveis: uma pequena explosão de vontade em todos os sentidos, e pronto. O andar duro das policiais femininas me faz sentir um punguista juvenil. A pior coisa é não ter razão. Nem pra ir, nem pra ficar.

Saio da rodoviária, atravesso a rua e entro na farmácia. Peço um vidro de optalidon. No bar, tomo uma coca e três comprimidos. Depois começo a andar só pelo amor de ver um pé atrás do outro. Na rua da praia, camelôs berram mercadorias e fiscais da prefeitura organizam a correria. Liquidação. Grande queima. Um fedor de vida inútil sobe dos bueiros junto com os ratos. Uma mulher louca, esfarrapada e negra, dança numa roda de animais de duas pernas. Barcas cruzam a baía na tarde clara e do outro lado tudo é bom e claro e azul, desde que não se esteja lá.

Entro num cinema. Ninguém quer nada com a hora do Brasil. Uma rajada de metralhadora, o sangue esguicha. Uma bomba, o quarteirão explode. Um cara senta a meu lado. Usa óculos e come chocolate. É hoje. A idéia de porrar um cara de óculos não deixa de ser agradável, talvez valesse a pena. Cinco minutos de escândalo pra mostrar o lado certo do filme, a guerra de verdade. Ele avança o pezinho, ajeita os óculos, meio velho. A cena geral: é como gritar "Diabo!" no meio de um concerto do Exército da Salvação. A mão boba vem descendo. Não vale a pena.

— Calma, vovô — digo.

Ele se encolhe. Pigarreia. Antes que fale alguma coisa, levanto e saio. No outro cinema, mulheres nuas e homens pelados. O tipo de filme que leva um alfaiate à falência. E tiros e lutas e trepadas coreografadas. Babam. Vaiam o corno, aplaudem a bofetada, e eles não passam disso, cornos levando bofetadas. Desligo.

Quando saio, a noite é um urubu sobre um monte de lixo. Uma

enxurrada de gente rola em todas as direções. Sonhadores de aposentadorias, operários padronizados, todos se apressam como se o dia fosse o último capítulo de uma novela e o começo de outra. Os bares transbordam, os vendedores de angu e churrasco estão a postos, as putas ocupam as ruas transversais pra vender seu rabo de peixe. A mesma coisa está acontecendo em outras cidades com maior ou menor velocidade, com a mesma inumerável violência. Alguém pula do décimo andar — não eu, não eu — talvez já tivesse pulado, e isso aconteceria com qualquer otário um certo dia, como se não houvesse diferença técnica entre o suicídio coletivo que é estar vivo e um desastre de avião. Minha cabeça late viajar, viajar, o mundo está em toda parte, o vão central, em todas as direções.

Em frente à saída das barcas, um barbudo profeta, um profeta barbudo, pede, de megafone em punho, que todos se arrependam, o Juízo Final está chegando, a batata dos fariseus está assando. Ninguém está nem aí. É a mesma coisa que dizer a um viciado em corridas que o castigo vem a cavalo.

23

Minhas pernas me levam pro Natal. Zana Rô deve estar lá. Minha cabeça, quando a hora chegar, decidirá alguma coisa, que rumo tomar, provavelmente me deixará à deriva. Alguns pensam com o estômago, devem ser mais felizes.

Cândido, o garçom, se apresenta.
— Que vai ser?
— Uma cerveja e uma batida de limão.
— Pra vocês dois?
— Pra nós dois. Pensei que o outro estivesse invisível.
Ele vai e volta.
— Cadê a garota?
— Que garota? A Lígia, a Zana Rô? São tantas!
— Lígia.
— Hoje não veio.
— Gente muito boa, a Lígia.
— É. Talvez ela apareça hoje.

O Natal se povoa. Todos aqui são estudantes de alguma coisa, universitários facultativos, e só de servir as mesas o Cândido já é psicólogo, engenheiro, jornalista, doutor *honoris causa*, ladrão profissional. Ladrão ele não diz, que o Cândido é homem de respeito. Alguns aqui eu conheço de vista, de festa, de esbarro, estão sempre nos mesmos lugares, e parece que conhecer de vista é minha especialidade. Pelo papo, o objetivo de todos é transformar o mundo, é a revolução social, o que é uma ambição próxima de matar o tempo, não sei, de qualquer forma o meio que eles usam pra isso são as palavras. Falam e falam, alguns em duas ou três línguas.

Duas cervejas, três limões e dois optalidons depois, vou ao banheiro. NESSE BAR SÓ TEM COMUNISTA E BICHA. ADORO LEVAR NA BUNDA, SEU FASCISTA. ABAIXO A DITADURA. O POVO UNIDO JAMAIS SERÁ VENCIDO. O NEGÓCIO É LARGAR A CANETA E ENFRENTAR A BAIONETA. INTELECTUAIS, PARASITAS DO SISTEMA. O BAR É A DOENÇA INFANTIL DO COMUNISMO. UNIVERSIDADE LIVRE, SEXO LIVRE, DEUS ME LIVRE. A DIREITA NÃO TEM ORGASMO. Engulo mais três optalidons.

Minha mesa está ocupada por um barbudo louro e um barbudo moreno.

— Pensei que estivesse desocupada — diz o louro.

— Não tem bronca.

— Se a faculdade tivesse essa freqüência, vou te contar — diz o moreno.

— Não conta. Cândido, uma cerveja. Leva esses cadáveres daqui e passa um pano.

— Esse semestre estou fodido.

Eu nem estou aqui. Me falam através.

— O que importa é o canudo — diz o louro. — Semestre filho da puta.

— O mercado está inflacionado.

— Proletarização da classe média.

— Corta esse papo.

Chegam três garotas e um garotão. São bonitas, pelo menos têm aparência de que a saúde vai bem na cara delas. O garotão é o mais bonito de todos, olhos verdes. É só chamar Wanderléia e ele sacode os cabelos louros, sorrindo lindo. A conversa rola sem nexos. Falar por falar. Dizer por dizer.

— Sou contra.

— Careta.

— Freud cheirava coca.

— Hemingway tomava bloodymary.

— Não é a mesma coisa.

— Marx não era marxista.

— Não vejo a ligação.

— É a mesma droga. Sou contra e pronto.
— Aqui todo mundo é do contra.
— Por isso é que essa merda não vai pra frente.
— Sou contra palavrão também.
— Filho da pátria.
Cândido vai e vem. O jeito de Wanderléia comer batata frita é obsceno. Falam.
— Vocês são um bando de teólogos, o resto é idólatra.
— Política não se discute.
— Desde quando dar a bunda passou a ser um ato político?
— Os bichas são os negros do mundo: sempre sendo enrabados.
— Entre levar por prazer e levar à força, vai uma diferença muito grande.
— Quanto maior, melhor.
— E as lésbicas? Elas também são gente.
— São homens.
O papo rola. Depois começam a cantar. Ainda está pra nascer o porre que não termine em cantoria. Cândido pede pra cantar baixo. Mais gente chega e se abanca. Outros se levantam, e já não sei se são os mesmos. Eles próprios devem desconfiar disso.
Duas mesas adiante começam a cantar parabéns.
— Não é aniversário, seus putos! É casamento mesmo.
— Viva o noivo!
— Podem cantar, que eu não vou convidar ninguém.
— Aceita presentes?
— Pelo correio. Só pelo correio. Vocês são todos anarquistas.
— Está na hora, pessoal.
A noiva é magra e morena, um sorriso de quinhentas velas. O noivo é magro e alucinado.
— Casar ainda existe?
— Estamos casando.
— Reacionário!
— Anarquistas! Bakuneiros!
— Não é possível! Com véu e grinalda?
— Véu, grinalda e *smoking*.
— Cândido, uma rodada por conta da casa.
— Vocês estão sacaneando a gente.
— É sério. Meu pai e minha mãe vão lá. Toda a minha família.
— Nós também vamos.

— Não vão não. Não quero vexame. Vou chamar a polícia, se vocês forem.
— Vamos lá, pessoal!
— Um brinde.
Cândido oferece uma rodada ao som da marcha nupcial de peidos. Obrigam a noiva a beber um copo de cachaça.
— Vira, vira, vira!
A noiva vira o copo de um só gole.
— Virôôôôôôôôô!
— Não é possível! Tenho uma denúncia fazer: a noiva não é mais virgem!
— Noiva bêbada não tem dono.
— Brinde! Brinde!
— Vira, vira, vira!
O noivo vira meio copo na camisa.
— O noivo é bicha.
— Outro brinde!
O noivo bebe o copo de cachaça de um gole só.
— Pro Celso!
— Aproveita, cambada, que eu não vou convidar ninguém.
Um grupo seqüestra a noiva e a joga dentro de um carro.
— É minha, é minha, ninguém tasca!
— Primeiro a rapaziada, depois o noivo.
— Qualé a de vocês?
— Isso tinha que acontecer um dia, meu filho. Quanto mais cedo, melhor.
O carro da noiva parte. O noivo protesta, quer dar porrada e é jogado dentro de outro.
Vou num terceiro carro com Wanderléia, os dois barbudos e mais duas garotas, Denise e Sônia. Denise dirige.

24

No Celso, o povo bebum já sabe do casamento. O noivo faz um discurso em cima duma mesa. Ninguém vai ser convidado porque vai ser um casamento de família. Além do mais, ele não tem que dar satisfação a safados cretinos sadomasoquistas bichas analfabetas falsos intelectuais. Aplausos e vaias. A noiva é um sorriso de mil velas.

O barbudo louro encara Denise do outro lado da mesa.
— Não adianta tentar me comer.
— Por que não?
— Muito simples: não gosto de mulher.
— Não parece.
— Parecer é uma coisa, não gostar é outra. Eu não gosto.
— Já tentou alguma vez?
— Você está ficando chata. Vai, fica boazinha.
— Não acredito que você seja.
— Pois sou. Tanto homem por aí e você vem logo me piranhar, porra!
O barbudo louro se levanta. Wanderléia dá uma risada espalhafatosa.
— Vai embora? — pergunta Denise.
— Vou ao banheiro. Dos homens. É só uma convenção social.
O barbudo louro vai entre as mesas.
— É um vestido assim, cheio de babados — diz a noiva.
— Tudo novo. Desde a brilhantina, passando pelas cuecas, até as meias e o sapato — diz o noivo.
— Ele está me gozando — diz Denise.
— Duvido, querida — diz Wanderléia.
— Um pedaço de homem desse? Não acredito.
— É melhor partir pra outro.
— Ele vai ter que me dar um tapa na cara pra provar que não é bicha.
— Contenha-se, querida, contenha-se.
Wanderléia se diverte. O barbudo louro volta e senta-se em outra mesa.
— Eu vou lá — diz Denise.
— Pára com isso — pede o barbudo moreno.
— Vou lá dar uma porrada naquele puto.
— Pára com isso.
— Não acredito mais em homem nenhum.
O barbudo moreno segura Denise. Wanderléia se escangalha de rir.
— Se é pra dar escândalo, eu vou embora — avisa Sônia.
— Puto! Me bolinando a noite inteira, Soniutchka.
— Não quer dizer nada. Vai ver que era o pé da mesa.
Wanderléia gargalha. Os noivos anunciam a partida.
— Fica! Fica!

— Nós não somos inconseqüentes como vocês.
— Vai, depois a gente entrega a noiva.
— Vocês deviam casar — diz o noivo.
— Ninguém aqui quer legalizar o estupro.
— Um último aviso: ninguém está convidado.
— Amanhã, todo mundo lá, pessoal.
Há uma nova ameaça de seqüestro, mas os noivos conseguem escapar.
— Pega ladrão!
Os noivos dobram a esquina, cambaleantes.
Começa a debandada geral. Denise faz pé firme: não leva ninguém no carro dela, homem nenhum. O barbudo louro conversa no fundo do bar com um cara magro e alto. A caminho do carro, Denise vomita no meio-fio enquanto Sônia segura sua cabeça. O barbudo moreno, que tinha ficado, tenta ajudar e é repelido com palavrões e novas golfadas de vômito. Ele volta e senta, magoado. O carro parte com Sônia ao volante.
— Faz quase um ano que tento ganhar essa mulher — diz o barbudo moreno, falando em Denise.
Penso: Zana Rô.
— Pra onde você vai? — Wanderléia me pergunta. — Quer rachar o táxi?

25

Na porta do Ferreira, Lilico se descola de um grupinho e vem. Vem merda.
— Já soube?
— De quê?
— Pelé dançou.
— Quando?
— Ontem.
— E Mazinho?
— Está malocado.
— Como é que foi?
— Arrocharam um armarinho. No Paraíso. Só tinha um velho. Não levaram fé. Pegaram a grana, uma mixaria, e foram saindo. O velho puxou um canhão e acertou Pelé.

— Onde?
— Na bunda. — Lilico se dobra de rir. — Na bunda!
— E aí?
— Mazinho diz que acertou o velho. Tem quase certeza. Os dois saíram no pinote pela linha do trem. Pelé gritava: "Não vou poder cagar mais! Não vou poder cagar mais!"
Lilico ri.
— E aí?
— Mazinho invadiu um veterinário. O cara não estava. Só a secretária. Ela não sabia fazer nada, era só secretária. Mazinho botou o berro na cara dela e ela apagou. E o Pelé gritando com a mão na bunda. Deve ter sido engraçado.
— E aí?
— Mazinho estava a fim de esperar o veterinário, mas Pelé não quis. Queria ir pro pronto-socorro. Aí Mazinho falou pra ele: "É com você mesmo, camarada. Se eu fosse você eu não ia." Pelé disse: "Porque não é a sua bunda." Mazinho disse: "Melhor na bunda do que no pau."
Lilico ri.
— E Pelé foi?
— Foi, o babaca. Acho que os homens grampearam ele lá.
— Acha?
— Tenho certeza. Um crioulo com uma bala na bunda, o que você acha?
Não acho nada. Dou uma porrada nos cornos do Lilico. Ele ameaça encarar. Dou-lhe outra porrada.
— Que é isso, cara, endoidou?
Dou-lhe mais uma.
— Olha, cara, você não está com essa bola toda não, cara.
— Repete.
Ele não repete.
— Eu não te fiz nada. Só estava contando.
Ele entra no Ferreira e confere a cara no espelho da balança.
Subo no cata-corno e salto em frente ao Clube Tamoio. Atravesso a linha do trem e saio na Praça do Zé Garoto. Cruzo a praça e entro no pronto-socorro. Falo com a mulher atrás do vidro. Uma escurinha, o cabelo esticado, cheia de balangandãs.
— Ontem, umas oito da noite.
— Parente.
— Irmão.

Ela se levanta. Remexe papéis, sorri funcionária.

— Saiu ontem mesmo.

Caminho na direção do Rodo. Penso no sargento Gérson. Ele é macaco velho. Tudo é cumbuca. A boca cheia de formiga. E na bundinha, não vai nada? Trouxa. Otário.

— Eeeeeeei, ficou surdo?

Lígia, o Exército da Salvação.

— Como é que é? Entra logo.

Entro.

— Quando você começou a falar sozinho?

— Estava?

— É um mau sinal. Aliás, é um péssimo sinal. É a época em que as pessoas começam a se vestir de camisolão e a anunciar o fim do mundo. Pra onde você vai?

— Estou com um problema.

— Mas está na cara. Salta aos olhos. Você não é católico, não masca chicletes, não usa dentadura. Logo, não tem nenhum motivo pra ficar mexendo a boca bovinamente. Qual é o problema?

— Não é comigo.

— Não brinca.

Conto em meia dúzia de palavras. Ela ri.

— Eu não prendia um cara com um tiro na bunda. É ridículo demais. Qual é o nome dele?

— Pelé.

— Que vergonha!

— O que você pode fazer?

— Deixa eu pensar.

Ela pensa fazendo beicinho.

— Eu não estou metido nessa.

— E quem é que está pensando que está? Por falar nisso, onde você andou metido?

Digo nomes e lugares. Ela tenta fazer coincidir nomes, caras e lugares.

— Vamos ficar aqui.

Estacionamento privativo da Prefeitura. Ela acena pro guarda. Ele levanta o braço, sorri. Atravessamos a rua, entramos no banco.

— Por que ele não assaltou um banco?

— É muito tímido.

Conversa com as caixas, fala com o gerente, desconta um cheque na frente de uma fila enorme. Saímos debaixo de um silencioso ranger de dentes. Passamos por uma butique; ela olha os vestidos e faz caretas. Entramos num prédio. Imobiliária. Dentistas. Advogados. Subimos três lances de escadas. Um fedor de mijo e esgoto. Dr. Allan Kardec de Souza.

— O Dr. Allan está?

— Quem quer falar com ele?

— Você é nova aqui, não é?

Lígia abre a porta e entra. Sigo atrás.

— Ô Lígia, como é que vai? Cada vez mais bela, pelo que meus olhos ousam ver.

O Dr. Allan Kardec é baixinho, cabeça grande, um bigode sem boca. Afunda numa cadeira de couro, o queixo um palmo acima da mesa atulhada de papéis. Não julgar pelas aparências.

— Como vai seu pai? Forte e cada vez mais próspero, assim espero. E a respeitável senhora sua mãe?

— Todos bem. Allan, eu quero um favor seu e sem muito rapapé.

Lígia conta a história. Rapaz honesto assaltado, trabalhador, arrimo de família, um tiro na bunda.

— Isso deve ficar na jurisdição da 72ª. Vamos ver o que podemos fazer. Sentem-se.

— Nessas cadeiras não. Elas suam muito. Você devia mudar tudo isso aqui.

O Dr. Allan ao telefone. Suas mãos são inacreditavelmente pequenas.

— Alô. Menezes? Como vai, Menezes? E a família? Assim é que serve. Não, não chega a tanto. Uma ou duas semanas. Menezes, me faz um favor. Eu queria que você checasse uma informação para mim. Como é o nome do rapaz?

Digo o nome do rapaz. O Dr. Allan faz um gesto positivo. Balança a grande cabeça. Escuta.

— Sei. Sei. Procurando. Procurado. Não há a possibilidade de alguma confusão, Menezes? Um engano? Não somos perfeitos, não é verdade? Não? Nenhuma. Sei. Quem está de plantão, Menezes? O delegado Milton. Quer colocá-lo no telefone, Menezes? Felicidades.

Ele se vira para nós.

— A situação está um tanto complicada. Delegado Milton? Como vai essa força? E a nossa pescaria? Sei. Muito trabalho. Delegado, estou necessitado de suas luzes.

Ele fala, sei, sei, balança a cabeça, burrinho de presépio, sei. Coloca o telefone no gancho.

— O caso é um pouquinho mais complicado do que vocês me contaram. O rapaz confessou.
— Confessou o quê?
— Alguns delitos.
— Com uma bala na bunda e debaixo de porrada, Allan, eu confesso que estrangulei minha avó. Mesmo que ela esteja morta há dez anos.
— Uma santa, sua avó. Está sentada entre os justos.
— Isso é evidente. E o rapaz? Não podemos impetrar um *habeas-corpus*? Fiança, sei lá, exame de corpo de delito?
— Vamos com calma. A pressa é inimiga do homem. Temos que estudar o caso. Às duas horas temos audiência no fórum. Três horas, digamos, três e meia, nós damos uma passadinha na delegacia e resolvemos o que fazer *in loco*.
— Como é o nome do delegado?
— Delegado Milton.
— Miltão, não é?
— Se você assim prefere.

26

Descemos pra rua.
— Um vaselina. Imagino como ele trepa com a mulher dele. Abre as pernas, querida, por gentileza — digo.
— E o parto dela acaba demorando um ano e três meses. Se o processo não for arquivado.
— Vamos esperar?
— Que esperar! Conheço esse tal de Miltão. É uma moça, mas, debaixo da saia, um tremendo carrasco.
Atravessamos o Rodo. Entramos na 18 do Forte.
— Eu vou lá. Você fica ali no bar. Me dá um beijo. Agora faz figa.
Lígia ajeita os cabelos e vai em frente. As longas pernas na luz do sol através do vestido. Entro no bar e peço uma cerveja ao português atrás do balcão.
— Não adianta. Prendem e depois soltam. Eles voltam a fazer igual ou pior.
— Isso é verdade.
— Sabe qual é a solução? Cadeira elétrica. Como nos Estados Unidos.

— Aqui não dá certo. Acaba faltando luz na hora.
— São tratados bem demais. Prisão tem que ser castigo. Trabalho forçado. Teve um que foi preso cinco anos e não quis sair. Botaram ele pra fora. À força. Uma semana depois estava de volta, batendo no portão, pedindo pra entrar. O diretor disse que não. Que fosse arrumar trabalho, cavar a vida. E ele queria trabalho? Queria comida de graça, roupa lavada, morar sem pagar aluguel. Que fez o desgraçado? Matou um homem com trinta facadas. Ainda riu na cara do diretor: eu não disse que voltava? Um homem desses merece cadeira elétrica.
— Aqui não funciona.
— Então paredão, fuzilamento, câmara de gás. O que não pode é continuar essa bagunça.

O português reclama de boca cheia. Diz que os países novos não têm futuro. Anarquia. Corrupção. Falta de brio. Já em Portugal... Peço outra cerveja.

— Os países novos não têm futuro. Veja o caso de Angola. Agostinho Neto é um mentecapto. O que um ginecologista entende das coisas do Estado? Um sujeito desses só pode entender da casa do caralho. Não é nem um revolucionário, um pervertido é o que ele é. Se sairmos de Angola, o país entra em colapso, vai à bancarrota.

Lígia entra na padaria em frente ao distrito policial. Sai com um litro de leite e uma bisnaga. Me faz um sinal apressado e volta, elétrica. O português continua a deitar falação. Moçambique. Samora Machel é um mentecapto.

Uma hora e três cervejas depois, estou quase arrependido de ter nascido num país novo.

Lígia entra feito um incêndio.

— E então?
— Alguma coisa pra beber, pelo amor de Deus!

Ela bebe dois copos de cerveja, um bigode de espuma.

— Você precisa ver o cara. Um trapo. Um olho inchado. O beiço desse tamanho. Arrancaram todos os dentes da frente. Bateram com borracha nas costas. Nos pulmões. Ele não pode nem respirar direito. As mãos parecem duas patas de elefante.

Ela bebe. Uma boca dolorosa.

— Fiz o maior escândalo. Pra mim era você que estava lá dentro. Me ameaçou de prisão, o filho da puta. Perguntou se eu era amásia do cara. Amásia, assim mesmo, concubina. E daí? Você sabe com quem está falando, eu gritei pra ele. É babaquice, mas funciona. Ele tremeu nas bases. Eu vi ele tremer. Ameacei com general, com senador, com deputado, com a família toda. Quiseram me dar água com açúcar. Mandei enfiar tudo no rabo. Chamei ele de funcionário público. Sou eu que te pago. Dei uns berros e lembrei que o secretário de Segurança não sai lá de casa. Ele amansou. Ele, o Miltão. Me chamou pra conversar no gabinete dele. Só depois de ver o cara. Fui ver o cara. Um trapo. Fui buscar pão e leite. Tive que dar leite na boca dele. O cara não pode mastigar nem segurar nada. Um trapo.

Ela bebe. Respira fundo.

— Refresquei a memória do Miltão. Ele já foi almoçar lá em casa duas vezes. Quando era presidente do Rotary, meu pai deu uma medalha pra ele. Por tortura, na certa. Ele começou a falar sobre perigoso marginal, ameaça à sociedade constituída. Cortei o papo. O cara sai ou não sai? Ou preciso trazer uma junta médica aqui? Falei com o Menezes. Menezes é o escrivão. Eles não têm nada contra o cara. Nenhuma queixa. O Miltão vai soltar ele de madrugada. Na luz do dia fica feio. Eu tive que dar algum dinheiro.

— E solta mesmo?

— Solta. Vou voltar aqui de madrugada. — Não precisa, pode confiar em minha palavra, o Miltão disse. Confiar eu confio, eu disse, mas o rapaz não pode andar, vocês batem muito bem e não vão levar ele pra casa de táxi, ou vão?

— E o ferimento?

— Ele não quis mostrar. Tive que ver à força. Ainda bem que ele é bundudo. A arma era de pequeno calibre. O curativo estava bem feito.

O Dr. Allan Kardec flutua no outro lado da rua.

— Porra, ele não disse que vinha de tarde? O puto vai estragar tudo!

Lígia atravessa a rua e envolve o pequeno doutor com braços e palavras. Ele balança a cabeça, sei, sei, sei. Apertam as mãos, ele volta.

— Tudo certo. Sabe o que ele me disse? Que eu devia fazer direito, o sacana. Tentei três anos, pra nunca mais.

— De madrugada eu venho com você.

— É claro. Vamos comer alguma coisa. Você precisava ver o estado do cara.

— Já sei: um trapo. Mas os dentes da frente ele já não tinha.

27

Faltam vários capítulos. O narrador passa a maior parte do tempo à procura de Zana Rô, até descobrir que ela tinha sido internada numa clínica pela família. Descobre também, através de Gininha e de Lino, que essa é uma rotina na vida de Zana Rô. "Rose é frágil como o nome", diz Lino, repetindo uma informação que Gininha já tinha passado ao narrador, mas que ele não gravou. Nesse meio tempo, ele tem um caso com Wanderléia. Um dos prazeres de Wanderléia é exibi-lo por toda parte como o seu negão: "Esse é o meu negão." Aos poucos, a relação entre os dois vai se transformando numa sucessão de incidentes entre o ridículo e o patético. Wanderléia faz cenas públicas de ciúmes e se especializa em esbofetear mulheres: "Vai tirando a mão de cima do meu homem." Brigam em público, dão escândalos e vexames. Wanderléia exibe vários dias pelos bares um olho preto e lábios inchados de porrada: "Eu sempre quis ter uma beiçola de crioula, e meu amor me deu uma." Esse é o universo "amoroso."

No mundo dos sonhos, Jan Nevski, acompanhado de Isadora Cristel, vem lhe oferecer um antídoto contra a peste. O narrador acorda com o corpo dormente e leva duas longas horas para recuperar os movimentos. Os lençóis da cama estão empapados de suor e cobertos de uma fina camada vermelha e negra de um estranho musgo. Jan e Isadora estão materializados à sua frente, e falam mais uma vez do antídoto. O narrador rejeita o antídoto e expulsa os mensageiros iabluts.

No mundo dos "negócios", o sargento Gérson passa a explorar o narrador, fazendo dele sua extensão fora da lei. As relações do narrador com Mazinho e Lilico também se complicam: há uma guerra surda entre eles. Pouco a pouco, o narrador percebe que está perdendo o controle da situação. Pior: perdendo o controle de si mesmo. Seu destino vai ser decidido em apenas um dia.

Acordo e tudo vai mal. Me sinto possuído. Me sinto tomado. Será que existe mesmo esse negócio de coisa-feita? Sinto que estou me perdendo. Mas não foi sempre assim? Viajar. Penso viajar. Viajar mesmo. Meter o pé na estrada e desaparecer de mim.

Levanto. Faz sol: um sol estranho, como se fosse a manhã de

uma derrota. Minha mãe lava roupa sem cantar. Minha irmã aparece na porta da casa vestida para sair.
— Vai pegar o cheque?
— Não enche!
— Deixa sua irmã em paz.
— Só fiz uma pergunta. Vai pegar o cheque?
Lavo a cara na bica. Me barbeio. Aonde ir? O que fazer? Não tenho nada programado. Um carro buzina lá embaixo, na subida do morro. Minha irmã sai apressada, com o menino no colo. Vou atrás.
Ela beija o motorista e dá a volta no carro pra entrar. O sargento Gérson. À paisana. Puxo minha irmã pelo braço.
— Você não vai sair com esse cara.
— Quem é você pra me impedir?
— Não está vendo que ele está te usando?
— Ninguém me usa.
— Deixa de ser burra. Ele está te usando contra mim.
— Contra você?! Você não existe. Me solta.
— Deixa eu falar com esse cara.
— Você não me dá ordens.
Ela se solta e entra no carro. O sargento Gérson faz um gesto com a cabeça e ela sai. Anda e pára alguns metros adiante, esperando, o garoto no colo. Entendo que cheguei tarde.
— Qual é a tua, camaradinha? — pergunta o sargento Gérson, falando baixinho e rouco.
— Eu é que pergunto: qual é a tua, camaradinha? — falo no mesmo tom.
— Eu e a tua mana estamos numa boa. A gente se dá bem. Eu acho que você não vai querer melar tudo?
— Você já disse a ela que tem três famílias? Que você é o grande comilão da parada?
— Não disse. Ninguém precisa saber. Além disso, nós somos só amigos. No momento, eu sou o irmão que ela não tem. A incompetência é tua. — Ele põe a mão no meu ombro e ri. — E eu também sou teu irmão. Mais do que isso: nós somos sócios. E então?
— Papo furado. Mas eu vou te dar um toque: você não é meu irmão porra nenhuma. Nós dois não somos sócios porra nenhuma. E você não vai meter minha irmã nessa parada. Estou pedindo numa boa: sai do barato dela.

Caminho na direção da minha irmã, arranco o menino das mãos dela e vou subindo. Ela vem atrás de mim gritando loucuras. Tenta puxar o garoto e me furar os olhos com as unhas. Dou-lhe um tapão no pé do ouvido e ela rola no chão. Ela se levanta, cambaleia pra cima de mim, dou outro tapão e ela cai de novo. O morro inteiro desce pra ver a cena.

O sargento Gérson vem defender a honra da donzela. Boto o berro na cara dele.

— Esse é um caso de família. Não se mete.

— Você está fora de si — ele diz alto, pra platéia. — Depois a gente conversa.

— Não tem depois a gente conversa — eu grito. — A gente conversa agora, filho da puta. Qual é o papo?

— Não tem papo. Você está fora de si.

— E você? Você está bem, sargento? Ou já está borrando nas calças?

— Eu vou deixar passar essa em consideração a sua irmã.

Minha mãe e os vizinhos já tinham arrastado minha irmã pra dentro de casa. Dá pra ouvir os gritos dela e o choro do menino.

— Não deixa passar não, sargento — eu digo. — Eu é que vou deixar passar. Vamos andando. Vamos andando. Isso aí. Sabe o que você vai fazer? Você vai entrar nesse teu carro de merda e se mandar daqui. E nunca mais vai voltar. É isso que você vai fazer.

Tiro a arma que ele leva na cintura. Apanho a outra que está no porta-luvas. Pego a terceira que está debaixo do banco do motorista.

— Eu sei que você gosta de andar trepadão, sargento — eu digo. — Mas hoje você vai ficar um pouco mais leve.

— Acho que você avançou o sinal — ele diz, suando muito.

— Não vou ficar com os teus ferros, sargento. Passa lá no Rosaflor, de noite, e pega. Agora, adeus!

Ele tenta sair, mas o carro morre. Um grupo de pivetes empurra e, logo adiante, o carro pega. No meio da poeira e do barulho do motor, ele põe o corpo pra fora e me grita alguma coisa. Não dá pra entender. E vai embora debaixo de uma grande vaia.

— O que foi que ele disse? — pergunto a um pivete.

— Não sei.

— Você estava lá. Você ouviu. Diz aí.

— Posso dizer?

— Pode.

— Ele disse: "Você já era! Você tá morto!"

28

    Minha irmã já não grita: foi tomada por um santo qualquer. As comadres tentam fazer o santo subir. O garoto chora em silêncio no colo de minha mãe, o dedo na boca.
— Vai e não volta — diz minha mãe.
    Pego meus bagulhos. No alto do morro, encontro Mazinho, Lilico e Pelé.
— Gostei de ver — diz Mazinho.
    Lilico e Pelé imitam a cena: Lilico sou eu e Pelé é o sargento. Eu rio. Mazinho aperta um e o fumo roda. Eu não fumo.
— Está de mudança? — pergunta Mazinho.
— Não sei — eu digo.
— Acho que o sargento Gostoso vai enxamear tudo isso aqui.
— Por que não me avisaram?
— Você não ia gostar de saber que ele estava com tua maninha.
    Olho bem no olho de Mazinho e percebo o lance: ele só tem a ganhar com esse jogo. Não estaria ele em armação com sargento Gérson? Lilico e Pelé fingem não acompanhar a conversa.
— O que você vai fazer com os ferros do Gostoso? — pergunta Mazinho.
— Não sei.
— Eu compro.
    Ele estica a perna, bota a mão no bolso e puxa um grosso maço de notas. As coisas têm andado boas pro lado dele. Recebo a grana e ponho o meu berro na cara do puto.
— Ficou maluco? — grita ele.
— Fica frio — eu digo.
    Pego toda a grana dele. Tiro o berro dele e jogo dentro da sacola com as ferramentas do sargento. Pego a pistola de Lilico e também jogo dentro da sacola. Pelé está limpo.
— Não te entendo, cara, juro que não te entendo — diz Mazinho, a voz chorona.
— Fica frio — eu repito.
    Digo pra Pelé descer. Ele desce rapidinho.
— Você tá ficando doido — diz Mazinho.
— E você? Vai ficar com a boca? Vai me entregar pro sargento? Vai querer comer minha irmã? Diz aí: do que você está a fim?
— Não tô a fim de nada.
— E você, Lilico? Já pensou em levar um tiro na bunda?

— Que é isso, cara? — Lilico se levanta, teatral.
— Tira a roupa.
Tremendo, Lilico tira a roupa.
— Você também.
Mazinho tenta tirar a roupa com alguma dignidade. Mas é difícil ficar nu com dignidade.
— Agora podem ir descendo.
Mazinho quer dizer alguma coisa, mas o que ele vê na minha cara não deve ser nada bom e ele cala a boca. Dou o primeiro tiro. Depois o segundo. Por cima da cabeça deles. Os dois desaparecem morro abaixo.
Desço o morro na direção do Mutuá. E penso que fiquei louco mesmo. Devia ter matado os dois, o Mazinho e o Lilico. Os três. O sargento também.

29

Dou uma parada na casa de Elias. Elias pinta e Moela toca violão. Cafungo. Elias fala sobre o seu novo projeto: um festival de rock, tipo Woodstock, no Coelho.
— Tem um espaço maneiro por lá. Um festival só com gente fora do sistema. Com muito ácido, muito fumo, muito som — diz Elias.
— Muito som, muito fumo, muito ácido — repete Moela.
Peço a Elias pra guardar as ferramentas.
Depois marco bobeira pelo Rodo. Estou querendo me encontrar com Lígia. Quero que ela me encontre. Chego a percebê-la no meio da multidão. Ouço a buzina do seu carro no meio do tráfego.
Vou até a casa dela. Toco a campainha, que ressoa lá dentro, longe. Um dos caseiros aparece e diz que dona Lígia está viajando. Ele não sabe aonde ela foi. Me bate um enorme cansaço de tudo.
Vou saindo quando ouço a voz de Lígia gritando para mim.
— Entra — diz ela.
Entro. Na verdade, esta é a primeira vez que entro na casa dela. Lígia me leva até um quarto faraônico.
— Você hoje vai me contar tudo o que está te matando?
E eu conto. Conto tudo. Despejo tudo. Falo a tarde inteira e falo o princípio da noite. Falo até a escuridão tomar tudo e eu não conseguir mais vê-la à minha frente. Falo até entrar em pane. De que falo? Falo.

Desperto dentro de um silêncio assombrado. Ando pela casa, parece cinema e estou de volta ao grande salão onde sonhei (terá sido sonho? a vida é sonho?) a peste. Uma empregada uniformizada me diz que dona Lígia mandou dizer que ela voltava logo. Insiste que eu não devo sair da casa, porque estou correndo perigo. Pergunta se eu quero comer ou beber alguma coisa. Digo que não, não quero nada. Espero que ela desapareça por um longo corredor e vou embora na esperança de que Lígia surja e me impeça de sair.

30

Entro no Natal. Numa das mesas: Gininha, Lino, Denise, Sônia, o barbudo louro, o barbudo moreno. E Zana Rô. Ela me vê, solta um grito e corre na minha direção. Eu a abraço e uma tranqüilidade búdica baixa sobre mim. É disso que eu preciso?
— Senti tua falta — ela diz.
— Morri sem você — eu digo.
E eu sinto que isso é verdade: morri sem ela.
Sentamos. A conversa rola. Zana Rô senta a meu lado, mão na mão. A conversa rola.

31

Lá pelas tantas, Wanderléia entra no Natal. Ao me ver ao lado de Zana Rô, ele leva as mãos à cabeça como se não acreditasse, como se prevenindo de um desmaio. Ou como quem recebe um santo. Onde eu já tinha visto aquela cena?
Wanderléia se apruma e caminha em direção a nossa mesa com firmes passos cambaleantes, a mão esquerda no bolso. Ele é canhoto.
Ele pára. Ele está ali à minha frente. Tinha feito o cabelo naquele dia. Seu rosto está maquiado em excesso. As lágrimas fazem sulcos rosados na maquiagem. Ele não diz nada. Olha pra Zana Rô com um profundo desprezo. Depois olha pra mim com uma profunda dor. Ele tira a mão esquerda do bolso e me aponta o seu 22. Me viro de lado pra proteger Zana Rô com o meu corpo. Wanderléia sorri eu te amo e atira duas vezes. Desmaia como um saco vazio.
Eu caio, tento me levantar pra socorrê-lo ou dar uma porrada

nele, mas começo a ver tudo embaçado. Depois não vejo mais nada e só escuto um imenso tumulto. Depois nem isso. Silêncio e escuridão.

32

    Passei vinte dias num hospital. Depois fui levado pro sítio de Zana Rô. Foi Gininha que me deu a notícia de que eu não poderia mais andar. Wanderléia veio me visitar, implorar perdão. Eu perdoei. Wanderléia e Zana Rô andam inseparáveis. As duas me sufocam de atenção, não permitem que Lígia venha me ver aqui.
    Converso com Lino e peço a ele que traga Lígia. Ele promete que vai trazê-la hoje mesmo. Espero que ela venha e me tire daqui. Já mandei outros recados pra Lígia, mas querem afastá-la de mim. Tudo aqui me prende. E estou preso a meu próprio corpo e não tenho feito outra coisa a não ser falar falar falar falar falar. E eu quero ficar quieto. Quieto, mas não desse jeito. Quero calar. Quero ficar em silêncio. E não quero isso que estou. Esse suor, esse fedor, esse olhar de cavalo de pata quebrada. E sonhei que eu tinha criado raízes. As raízes se enterravam no chão como unhas na carne e eu queria fugir pra luz do sol, mas não conseguia sair, as raízes me puxavam cada vez mais pra baixo, e eu me afundando na terra. Acordei e continuei vivendo a mesma coisa. Não quero mais.
    Espero que Lígia apareça logo. Ela é a única que pode me ajudar a sair dessa. Ela não vai se negar a fazer isso. Só espero que não a surpreendam aqui. Temos que ser rápidos e silenciosos. E que venham os iabluts!

    O primeiro dia do ano da peste *é uma história bastante colada ao real. Não tenho nenhuma referência pra checar a vida bandida e familiar do narrador. Não acredito, por exemplo, que AC tenha matado alguém. Nem que tenha estuprado meninas ou donas-de-casa.*
    A fauna dos bares é bastante verificável. Algumas pessoas podem ser reconhecidas: foram levadas para a ficção sem nenhum tipo de tratamento especial. Por exemplo: Elias é o Elias e Moela é o Moela; Denise é Denise e Sônia é Sônia; Beto é Beto; os barbudos são os barbudos.

Já a paixão do narrador por Zana Rô teve uma paixão correspondente na vida de AC. A história foi aquela a que eu me referi no capítulo I. AC se apaixonou por uma bela donzela (que não se chamava Rose nem Rosana) e foi amado de volta de uma forma bem animal. "Amor de pica, onde bate, fica" era um dos comentários menos grosseiros sobre o caso. Então, ele foi preso. Na verdade, ele deveria ser surpreendido pela polícia (que também estava no esquema) com uma grande quantidade de coca, mas conseguiu se desfazer do flagrante. Ainda assim, plantaram nele uns vinte gramas. O julgamento teve cartas marcadas. Foi um assassinato de mãos limpas, um assassinato branco: aos inimigos, a lei. No texto, Zana Rô é um imenso horizonte, um mar aberto, que se reduz a um sítio, a uma piscina artificial e, depois, a uma tetraplegia, a um infinito na palma da mão. Na vida real, não foi muito diferente.

A paixão de Wanderléia também foi real, mas sem os escândalos e sem os tiros.

Quanto a Lígia, AC fez uma montagem: a Lígia sou eu e a Leila. O Lino também sou eu.

A peste é a peste: um sonho da razão. Depois, o pesadelo sem ar-condicionado.

IV

Ponto de fuga

Reuni sob o título Ponto de fuga *estes textos escritos na prisão. Fazem parte de um romance por meio do qual AC se libera da força gravitacional da realidade e se lança definitivamente no vazio da loucura.*

Pelos textos, podemos acompanhar o conflito de AC. A princípio, ele resiste, finca os pés na razão, e isso é representado por Burnier ("O mundo interior").

Há uma tentativa de manter a razão mediante um personagem como o Tigre, mas que não se realiza de forma convincente ("O começo do fim").

A ruína começa a ser construída pela anunciação de uma nova raça ("Mutação").

A fuga da realidade se acentua no canibalismo desvairado e nos personagens emplacados com letras e números ("O último predador").

Todas as tramas seriam reunidas num texto final que deveria ser intitulado A nova era. *Burnier (o definitivamente humano) e o Tigre (um mutante colateral?) vão se encontrar num universo paralelo com os MS-1040. Todos confluem para um tempo único, imaginário, e tentam salvar a humanidade como a conhecemos. O novo ser que surge tem aparência humana, mas é uma mutação desumana. AC deu aos novos seres o nome de iabluts, e são os mesmos que aparecem no sonho-delírio de* O primeiro dia do ano da peste. *Agora, eles retornam reciclados: calibans canibais. Os iabluts dominam os homens e fazem deles seus escravos. Alimentam-se física e espiritualmente dos humanos. Fazem com os homens o que os homens fazem com as vacas, as galinhas de granja e, para ser imparcial, com outros seres humanos. A partir de um determinado momento, os iabluts iniciam a recuperação da Terra e preparam a conquista do sistema solar, já que têm condições para se adaptar a qualquer ambiente no espaço de apenas uma geração, que para eles é de menos de dez anos. O apetite de vida (de formas de vida) dos iabluts é insaciável. Mas eu estou me adiantando.*

Nessa longa trip de ressentimento e desesperança, AC consegue mostrar seu desprezo e seu ódio ao homem (todos os homens) de seu tempo. Mais uma vez ele se canibaliza, só que agora de forma radical e irreversível. Depois disso, só a loucura.

1

O mundo interior

— Quem são aqueles panacas? — perguntou Burnier.

— Abaixa a merda dessa mão — disse o inspetor Delorme.

— Desculpe, inspetor — disse Burnier, olhando para baixo. O riso de ironia em sua boca enorme lembrava um desastre na entrada de um túnel. — É difícil me acostumar a essa situação insólita, para não dizer ridícula. Mas juro que estou tão ansioso quanto o senhor para me ver livre dela. Aliás, não sei se já lhe disse que sua companhia me dá ânsia de vômito. É um mal comum quando se tem um estômago sensível.

— Poupe seu fôlego para a guilhotina.

— Decididamente meu pescoço nunca inspirou amor a ninguém. Nem mesmo à mulher de meu pai.

— Fecha essa matraca ou enfio-lhe esse lenço boca adentro — disse o inspetor, enxugando o suor.

— Suba numa cadeira e tente — disse Burnier, sorrindo amavelmente, mostrando dentes do tamanho de cavalos de carrossel.

Uma estranha simbiose, os dois metros e vinte e dois de Burnier ao lado do metro e oitenta e sete do inspetor Delorme. Fazia algumas horas que estavam acoplados um ao outro, casadinhos. E, como acontece a muitos casais, não era apenas o ódio mútuo que os unia, mas um mandado de prisão e algemas inoxidáveis. Passeavam de mãos dadas pelo saguão do aeroporto, um paletó escondendo dos olhares mais moralistas aquele possível atentado ao pudor.

A revolução sexual é uma questão de polícia, diria uma velha senhora, sem querer entrar em detalhes.

— Parecem macacos — disse Burnier, costeando o bando de ufólogos. — Panacas!

O aeroporto fervilhava estranheza. Arfando reverberações e incandescências, grandes animais supersônicos levavam mínimos terremotos às colunas de vidro, malárias às mais finas vigas de aço, socos violentos na boca do estômago. O Galeão, como todos os aeroportos internacionais, parecia um hospital em estado de coma, sobrevivendo graças à parafernália eletrônica dos instrumentos de precisão. Sobre a noite rumorosa pulsava o bip-bip monótono das constelações do céu brasileiro.

Diplomatas negros, vindos dos cafundós da África, apalpavam gélidas mulheres nórdicas com seus olhos de tromba. Refugiados asiáticos tinham a elegância em frangalhos de flagelados nordestinos tentando comer arroz com palitos sob o olhar benevolente dos mercadores de armas e dos industriais da seca. Profetas do passado, peles-vermelhas passeavam pelos corredores refrigerados do museu do homem branco, o coração engarrafado no tráfego das megalópoles em expansão desordenada como o próprio universo. Sim, até mesmo as galáxias fugiam desse epicentro de humanidade e miséria, desse balão de oxigênio ao redor de um sol de quinta categoria.

Mas toda estranheza ficava por conta dos ufólogos. Partiam para um congresso no qual seria definitivamente fixada a nomenclatura e o objeto de sua ciência. E já era tempo, porque, segundo seus detratores, a ufologia era a única ciência humana sem objetividade. Graças a microscópios atômicos, o homem penetrara o invisível e já se tornara rotina científica a autópsia de bactérias. Por outro lado, a autópsia de um ufólogo — continuavam os detratores — levaria à criação urgente de uma psiquiatria extraterrena, a uma parapsicologia angélica cujos efeitos patológicos e deletérios poderiam ser resumidos sob o nome de "síndrome alienígena". Essa síndrome poderia ser congelada numa frase: nada neste mundo, debaixo deste sol, faria com que um ufólogo entrasse em contato com a realidade.

Os ufólogos davam decididamente de ombros, faziam ouvidos de mercador a todas as críticas. Reunidos em bando no saguão do aeroporto, eram altos e baixos, gordos e magros, aparentemente humanos. Arqueólogos obstinados do insólito, detetives particulares do fantástico, a marca de uma pá mecânica de origem indeterminada na Chapada Diamantina, um novo deus com dez mil seguidores na Índia, uma fonte radioativa no Congo, uma onda de calor no Pólo Sul, tudo isso os atraía como mariposas desvairadas vindas de toda parte do planeta. Nada lhes era estranho, desde que não fosse humano.

E ali estavam eles, reunidos no saguão de um aeroporto internacional, indo para mais um congresso, falando línguas vivas, mortas e inventadas, cheios de esperanças, pensando em aviões misteriosamente sugados de todos os radares, seqüestrados para dimensões ainda desconhecidas do espaço-tempo.

Panacas! Havia carradas de razões para o mau humor de Burnier. Até os 22 anos passeara sua enorme carcaça pelas ruas de Paris, um pássaro de alegria, um alegre usuário do espírito francês. Amante das personalidades e das grandes fortunas, freqüentava as altas rodas e era assíduo comensal do pequeno, do grande e do médio mundo. Fazia questão de que todos soubessem de suas ligações íntimas com o Poder, de ser notado em sua elegância física e mental. Não poupava esforços para se manter perpetuamente na crista das ondas traiçoeiras do *status* e do prestígio. Era um vip de quatro costados, de berço, direito e conquista, Burnier, o Grande.

Um caso de amor fizera dele um vagamundo.

— Quero tomar uma cachaça — disse Burnier.

— Deixa de gracinha — disse o inspetor Delorme.

— É a única coisa que vale a pena neste país de loucos.

— Você vai ficar onde está.

— Não seja um estraga-prazeres, Napoleão. Vamos lá.

Burnier arrastou sua escolta até o bar do aeroporto. O inspetor Delorme fez um gesto sutil, e três policiais federais contiveram com algum suor aquela avalanche de músculos.

— Tirem essas mãos de tortura de cima de mim! — gritava Burnier.

— Ah, o canalha! Ah, o grande canalha! — dizia o inspetor, entre os dentes.

— Torturadores! Cago na cabeça de todos vocês!

O pequeno rodamoinho policial conseguiu levar Burnier através do saguão até uma sala especial. A dois palmos do chão, o inspetor Delorme começava a lamentar a doença do inspetor Jouvet e sua própria auto-suficiência. Jouvet a essa hora estaria em Paris curtindo sua malária amazônica, o idiota. E ele, Delorme, aqui nesta terra de índios, o pulso em carne viva, tendo que sofrer a companhia do abominável Burnier, pensando em guindastes e camisas-de-força.

— Desculpe-me, Javert — disse Burnier, subitamente amável.
— São cabulices do coração.

Burnier correra o mundo em largas passadas para chegar a uma conclusão óbvia: o mundo era pequeno, um pouco maior que Paris. Desapontado, uma baleia ferida de tédio vital, viera encalhar no Brasil. Nenhum outro clima lhe foi tão propício, nenhum solo mais fértil. Neste país solar encontrara uma missão à sua altura, um encontro de gigantes. Em breve construíra uma industriosa reputação. Caminhava entre o rebanho mofino dos homens olhando por sobre a cabeça deles, uma estrela em sua testa de ferro: era dono da Amazônia. Durante dez anos governara um país dentro de um país. Uma França Livre. Uma França Burnier. Uma Nova Atlântida no meio da selva. Uma utopia localizada. Um ponto de verde abundância na esterilidade dos mapas. Minas de ouro e metais estratégicos. Grandes plantações tirando do sol a mais fina celulose, o mais leitoso látex, o mais cristalino açúcar, a mais delirante maconha, a mais cândida cocaína, todos os ópios, todos os grãos, todos os frutos. Milhares de novas espécies vegetais e animais catalogadas, um verdadeiro laboratório genético borbulhando biotecnologia. Até que os americanos e os japoneses entraram na história.

— Quero beber alguma coisa — disse Burnier, olhando para Delorme, divertido. — Parece que essa nossa aliança não está lhe fazendo bem, Javert. Fique tranqüilo. Você é a mala mais leve que eu carreguei até hoje.

O inspetor Delorme não disse nada. Pensava na ilha do Diabo. Um dos policiais voltou com um copo plástico. Coca-cola.

Caíra em desgraça, Burnier. E em sua queda arrastara ministros, banqueiros, juristas, altas patentes, nações. Lamentava as mulheres. Tudo o que construíra fora através delas, a elas devia tudo. Eram iguais em todo o planeta. Procurado em mais de vinte países, não temia por sua pele, apenas lamentava o sofrimento que infligira a elas em troca de prazeres passageiros e poder mais passageiro ainda. Pensava em sua pequena princesa árabe, apedrejada em praça pública pelo crime de amá-lo. O camelo do remorso mastigava sua cara por esse crime, curvava seu corpo até o chão. Se fosse um homem como os outros, comeria bosta de camelo a vida inteira. Mas não era.

Fugiu mais uma vez. E, mais uma vez, construiu um reino e pensou que duraria, não para sempre, mas por uma vida. Não durou. Acabou deposto por poderes maiores. Se embrenhou na floresta, caçado por todas as polícias do mundo. Morou três meses dentro de uma canoa, comendo peixe e raízes, o corpo lambuzado de tinta para se proteger dos insetos. Uma tarde, penetrado pela solidão dos céus e das águas, foi vaiado por um bando de macacos. Riu, e sua risada era selvagem de se ouvir. Foi insultado com frutos e pedaços de pau. Reagiu com urros e acabou escorraçado rio abaixo.

Um mês depois entrou no porto de Manaus e foi preso. Não tinha sentido. Nada tinha sentido. Comoveu-se ao saber que a polícia francesa pedia prioridade para decidir seu destino. Preso em Manaus o De Gaulle do crime. Guardou a primeira página de um jornal, mas sem a foto. Aquele animal peludo e escorraçado não era ele. Era uma força da natureza. Um imperador entre os homens.

E ali estava ele, atrás daquele vidro policial, olhando sem ser visto, vivendo sem que o deixassem viver. Lá fora, mudos fantasmas submarinos, a multidão estagnava em pequenos grupos.

— Parecem macacos — disse Burnier em voz alta, a ninguém em particular.

A visão do grupo de ufólogos bulia com seus nervos, deixava-o irritado. Era evidente que preparavam alguma coisa, conspiravam ações de terror. Em pé, conversando em círculo fechado, seus gestos denunciavam um profundo desprezo pelo que se passava em volta, uma indiferença por tudo o que fosse deste mundo. Apenas assassinos profissionais mantinham aquela pose, aquela indiferença, aquele desprezo: nos seus olhos os *icebergs* da morte a sangue frio flutuavam à deriva. Eles queriam o fim da humanidade. Andara ombro a ombro com os mercenários da morte, no Vietnã e na África do Sul, em Tóquio e em Nova Iorque, em Kuala Lumpur e no Cairo. Eram sempre os mesmos: frios, gélidos, os missionários do zero absoluto, os habitantes da face oculta da lua. Burnier estremeceu, um calafrio sacudiu seu corpo como o vento da madrugada em Vladivostok, numa rua deserta de Estocolmo, de Copenhague.

— Aqueles macacos estão em nosso vôo? — perguntou Burnier, as rugas de sua testa parecendo valas comuns.

— Que macacos? — disse o inspetor Delorme, pensando em sedativos.

— Aquele bando ali.

— Não sei. Talvez sim, talvez não. De qualquer jeito, nem eu nem você estamos em condições de escolher companhia.

— Deixa eu lhe dizer uma coisa, Javert: se eles estiverem em nosso vôo, não vai ser você nem esses três pivetes que vão me trancar dentro do avião.

O inspetor Delorme deu de ombros. Aquela, decididamente, não era uma viagem de férias, nem aquele o dia mais feliz de sua vida.

Um seqüestro, pensava Burnier. Era um homem prático, com duas grandes patas plantadas na realidade. Gostava de dizer que não tinha imaginação, voltara todas as suas energias para as coisas que estavam ao alcance de seus olhos: via para crer e não cria em nada que não estivesse ao alcance de sua mão. Mesmo sob o efeito da mais oceânica bebedeira não perdia a razão, mantinha-se sempre em contato com os centros vitais de sua avantajada estrutura. Em alguma parte da Índia tivera notícias de iogues que, depois de ativados os mecanismos do orgasmo, conseguiam fazer com que os espermatozóides voltassem ao lugar de origem como uma manada de elefantes, com o rabinho entre as pernas. Estava longe dessa perfeição, mas era assim que se sentia em relação a si mesmo: senhor de todos os seus impulsos, com a honrosa exceção do amor carnal. Tinha orgulho de ser um semideus, um anjo que recusara a plenitude por amor de uma mulher, de todas as mulheres.

Do fundo dessa ciência vivida e jamais contestada veio a certeza de que o avião seria seqüestrado. Tinha inimigos poderosos, todos interessados em sua experiência acumulada, antes de arrancar-lhe a pele. Uma intuição, essa iluminação divina, esse êxtase lunar, uma avassaladora intuição. A serviço de que potência estaria aquele comando de impotentes, aqueles terroristas de comédia, a serviço de que xeque ou empresa estaria aquele bando de macacos?

Por um instante de amazônica solidão, esgotados todos os refúgios do planeta, fraquejara. Pensara em voltar à infância, ao ventre parisiense da mãe França. Não o teriam, não o teriam jamais nessa vida. Ainda não estava completo. Restava o fundo dos mares, as entranhas da terra, o infinitamente invisível nessas inúmeras bocas sugando nas tetas do carbono, os abismos da alma onde se entrevava a desumanidade do homem. Havia tudo a conquistar. Não o teriam.

— Tenho más notícias, Javert — disse Burnier, suspirando, um vendaval em miniatura. — Não vou entrar em merda de avião nenhum. Abre a merda dessas algemas, me dá um beijo na cara e deixa eu ir embora pela merda dessa porta. Vai ser melhor pra merda da sua saúde.

— Então que se emmerde você mesmo — disse o inspetor Delorme, fincando os pés no chão.

Um avião atroava, ensurdecia tudo. O ruído estivera sempre ali, mas só agora Burnier percebia sua presença. Vozes com sabor de chocolate empurravam os passageiros para os portões numerados. Os ufólogos, como um só homem, obedeceram ao comando lírico daquelas vozes.

— O que você disse? — trovejou Burnier.

— Que se emmerde! — esganiçou Delorme. — Eu quero mais é que você se emmerde!

Burnier escancarou a porta com um pontapé e arrastou o inspetor para fora como uma sombra desvairada, um saco de batatas, um cachorro danado. Os federais tentaram detê-lo, e Burnier os sacudiu com a mão livre, moscas chicoteadas pelo rabo de um cavalo. Mulheres entraram em trabalho de parto, homens aos berros pediam calma. O pânico se espalhou como círculos na água enquanto punguistas trabalhavam nos bolsos e bolsas dos turistas do terror. Burnier, no olho do ciclone, caminhava a passos de tanque para o portão de saída. O inspetor Delorme tentava em vão, miseravelmente em vão, não meter os pés pelas mãos e, se possível, não perder o braço e a cabeça. Burnier estava a dois passos da saída quando aparou com um levantar de ombros a primeira porrada de cassetete. A segunda pegou na nuca, a terceira no pé do ouvido. Conseguiram derrubá-lo perto do meio-fio, quando levantava o braço para chamar um táxi. Grossos pingos de chuva começaram a cair.

Então se fez um silêncio enorme, um enorme silêncio de himalaias lunares, um rinoceronte branco. Cabeças e mãos e pernas em queda livre, como chapéus jogados para cima, cadeiras de três pernas, malas de viagem. Um puro pescoço esguichava sua fonte vermelha de artifícios. Meteoritos alucinados chiavam quentes debaixo da chuva. Para baixo, para baixo, para baixo. Os macacos, aos gritos, aos guinchos nas árvores desgalhadas, pedindo comida. Os homenzinhos amarelos de olhos oblíquos como ostras. O vento em brasa.

A segunda explosão o acordou para cima. Sob o clarão avermelhado do incêndio viu a rápida sucessão de corcovas, morros macios, árvores em pânico, a chuva. E rolou para baixo, a cara metida na lama. Sufocava. Respirou fundo. O cheiro de carne queimada.

— Merda!

O táxi não vinha. Levantou rapidamente a primeira parte de seu corpo. A segunda parte veio com esforço. Estendeu a mão livre e ela voltou úmida, um líquido espesso com bolotas de uma massa estranha grudou em seus dedos. Gritos, vozes, latidos se aproximavam. "Foi ali." "Uma bola de fogo." "Cuidado. Pode explodir de novo." "Não explode mais." "Meu Deus!" Vozes. Gritos. Gemidos.

Correu. O peso a seu lado fazia com que ele adernasse um pouco, perdesse o prumo. A chuva batia em sua cara como um banho de mijo em Benares, os mortos flutuando no Ganges e barcos pescando os mortos, levando os mortos até a margem, queimando os mortos em grandes fogueiras, ele era apenas um passante, aberto a todos os ritos. Chegou sem fôlego ao alto do morro. Na escuridão, debaixo da chuva, outros morros erguiam sua massa inerte, caroços e calombos na carne de um morto.

— Levanta! — gritou Burnier.

Sacudiu com violência aquele satélite indesejável, mundo parasita de seu mundo, sacudiu com fúria aquele corpo. Luzes. Levanta. Levanta-te e anda, charlatão filho da puta. Luzes brilhavam ao longe. Mais perto, vozes gritadas: "Cuidado." "Procurem sobreviventes." "Não deve ter sobrado ninguém inteiro." "Procurem assim mesmo, porra!" "Encontrei um sapato." "Foda-se o sapato." "Tem uma perna dentro." Risos. Por que não caminhar em direção aos risos? Eles o entenderiam, o cão escavando a neve, um barrilzinho de conhaque no pescoço, pedaços de esquis, ar, ar, ar, um sobrevivente. "Não é pra rir, porra, não é pra rir."

Desceu o morro aos saltos, aos tombos, fugia das luzes. Não o entenderiam. Era um milagre. Um sobrevivente. Jogou o cadáver sobre o ombro e chegou até o alto de outro morro. À sua frente, à direita e à esquerda, outros morros surgiam, um cemitério de crânios. Respirava com dificuldade, a cabeça latejava, os ouvidos zumbiam. Se estivesse no deserto de Gobi, à noite, teria o mesmo frio, os sapatos relinchando na areia, as dunas de sal. Puxou o cadáver morro abaixo e o cadáver chiava no capim molhado.

— Mais ao norte — gritavam num megafone. — Entre as árvores, perto das pedras.

Olhou para trás. Não tinha percebido a chegada dos helicópteros. Potentes faróis varriam a escuridão. Beirute estava semidestruída, a bela Beirute, ameaçada pela peste. Comandos palestinos, apoiados pelo exército sírio, atacavam com foguetes o lado cristão da cidade. Eram três helicópteros. O navio afundava lentamente, primeiro as mulheres e as crianças, mantenham a calma, temos ainda vinte minutos, os holofotes iluminando os barcos salva-vidas suspensos num mar de três metros de altura, rajadas de espuma.

— Procurem a caixa-preta! Procurem a caixa-preta! — gritava o megafone.

O ar ardia em seus pulmões. Meia dúzia de costelas quebradas ainda era lucro. A chuva insistia, a lama, o barro. Em frente, em frente, em frente. Negros em greve nas minas de ouro da África do Sul. Os policiais brancos lançavam bombas de gás lacrimogêneo, e os negros saíam do fundo das cavernas, tontos, asfixiados; os policiais brancos os massacravam como baratas, lançavam os corpos dentro dos camburões, o lixo negro. Respirou fundo, a dor, as garras do tigre no seu peito. Em frente.

Os morros se suavizaram, e uma campina se estendeu a seus pés. Estava no meio de um laranjal. À sua direita o cadáver lançava a âncora de seu peso morto e, mais longe, a luz de uma varanda queimava junto com o latido de cães. Afastou-se da luz e dos latidos, mas o cadáver o puxou com força.

— Merda!

Conseguiu manter o equilíbrio e se debruçou sobre o morto. Não era nada. Desvencilhou o cadáver do arame farpado e seguiu renteando a cerca. A luz diminuía, a dor no peito aumentava, o coração latia, a cabeça uivava. Caminhou para a grande árvore no centro do terreno. Deitou-se debaixo da árvore usando o cadáver como travesseiro e adormeceu na suíte presidencial do Copacabana Palace, o mar entrando pela janela com o ruído de néon das roletas de Las Vegas.

Acordou sob o olhar budista de uma vaca desgarrada.

— Some daqui!

A vaca não se moveu, apenas o olhava de seu profundo mundo de vaca. A chuva tinha amainado. O nevoeiro fechava para qualquer vôo o aeroporto de Orly e cobria o laranjal. Dentro do nevoeiro podia ouvir a mastigação dos bois, os pios dos primeiros pássaros, roçar de asas entre as árvores. Apoiou-se sobre um cotovelo, e uma dor lancinante o lançou de costas sobre as raízes, bufando.

— Ainda é lucro.

Ergueu-se com cuidado. O cadáver a seu lado fervilhava de insetos. Nas aldeias devastadas do Vietnã, homens-troncos andavam sobre as mãos, as ruas encharcadas de merda, crianças amarelas passavam pedalando bicicletas. Formigas de grandes cabeças trabalhavam ferrões na carne morta, homens retalhavam bois nos grandes matadouros de Chicago, e do boi só se perdia o berro. Ah, o corte das baleias nos porões dos grandes baleeiros japoneses!

Levantou-se de um salto e começou a bater o cadáver contra a árvore. A bater cegamente, em transe, com ritmo, o som dos tambores na noite rodesiana, crianças malhando judas nos subúrbios do Rio de Janeiro, a bater com raiva, o pilão, lavadeiras batendo roupas na beira do rio Congo. Espumava. Não sentia dor. Não era um homem: era um sobrevivente.

— Puta que pariu!

Calcou sob os pés a polpa avermelhada e puxou com força, estalo de ossos, rasgar de pano. Correu renteando o arame farpado, batendo com seu terceiro braço nos moirões da cerca. Fugitivos cambojanos, à deriva no mar da China, comiam os velhos e jogavam as tripas aos tubarões. Prisioneiros nas prisões soviéticas jogavam "carne e sangue", o perdedor deixando o vencedor arrancar nacos da bunda, do peito, das coxas, o sangue sendo colhido na palma da mão. Pulou a cerca de arame farpado. Patinou nos charcos, nos campos de arroz da China, a água até os joelhos. O nevoeiro se dispersava: não era nevoeiro e era a volta da gana de viver. Mordeu com força aquele pulso frio, os dentes sangrando na carne fria, um gosto de ferrugem e pequenos pêlos. Mordeu mais uma vez e cuspiu.

Ruído de carros. Estava perto de uma estrada. Correu na direção da estrada, mordendo com força, sacudindo aquele braço, cuspindo, puta que pariu, a noite começando a brilhar, os dentes doendo, cuspindo. Parou à beira de um barranco, o asfalto lá embaixo, duas pistas divididas por um linha branca, úmida. O braço se soltou com uma última dentada. Apertou nas mãos aquela mão pura, uma pequena máquina de adeus, pequena e branca, aberta. Lançou-a no meio do mato e resvalou barranco abaixo.

Começou a andar pela beira da estrada, de costas, fazendo sinais para os carros que passavam a caminho de Singapura, de Sydney, de Dacar, os faróis altos, rumo ao mundo.

2
O começo do fim

Lilian Lamego tinha sido morta por especialistas em várias artes. Primeiro retiraram todo o sangue de seu corpo até a última gota e o colocaram dentro de uma jarra dentro de uma geladeira. Depois retalharam seu corpo, botaram os pedaços em espetos e, feito isso, arrumaram os espetos com carne lado a lado sobre carvão em brasas. Quando o churrasco já estava no ponto, misturaram o sangue com vinho branco e serviram Lilian Lamego em estado líquido e sólido para treze pessoas.

Tudo isso foi deduzido da cena encontrada por policiais num sítio em São Gonçalo. O esqueleto de Lilian Lamego estava enterrado numa cova rasa. Tinha vinte anos e era filha de um rico fazendeiro do Mato Grosso. Estava havia dois anos no Rio e sonhava ser atriz. Todos os seus amigos (uma meia dúzia) tinham álibis convincentes: estavam participando de uma maratona teatral em Três Rios. Duzentas horas ininterruptas de espetáculos. Isso existe?

Logo depois minha secretária fez entrar em meu escritório uma senhora gorda. Apertava-se dentro de um vestido caro e fora de moda, os cabelos muito negros, quase azuis, com mechas de um branco tão artificial quanto o rosto pintado demais, lembrando a fachada de um edifício em demolição. Respirava forte, e seus olhos bovinos escondiam sua verdadeira natureza: uma cobra de apetite insaciável. Não me lembrava onde, mas já tinha visto aquela fome em alguma parte.

Dei-lhe algum tempo para se adaptar ao ambiente, uma sala num centro comercial de Copacabana, o ar-refrigerado em colapso, as paredes nuas, os móveis de segunda, a névoa dos meus cigarros. Madame Carmen Lamego não gostou do que viu. Eu também não gostava. Na verdade, eu estava de mudança.

— Em que posso servi-la?

— Eu quero a verdade — disse a mulher.

— Todos queremos, creio eu. Uns mais do que os outros. Não seria melhor começar do princípio?

— Eu sou a mãe de Lilian Lamego.

Vegetando no interior, havia muito abandonada pela filha e pelo marido, ela viera à cidade para fazer estardalhaço e exigir justiça. Seu amor materno vibrou nos jornais, gesticulou em frente às câmeras de TV. Não era para menos: a filha tinha dissipado metade da fortuna, comido a grama pela raiz. Carmen Lamego acusou a polícia de fazer corpo mole, pediu a cabeça dos culpados. Tinha queda para o palco, para o drama, mas estava contracenando com atores profissionais. O caso foi sendo esquecido, e ela terminou falando sozinha.

— Eu quero a verdade — insistiu ela.
— O que a senhora me pede custa algum dinheiro.
— Eu não me importo. Não acredito na polícia. São todos uns vendidos: policiais, juízes, advogados, todos eles vendidos. Me trataram pior que a uma prostituta. Tentaram me matar.
— Quem?
— Ontem um carro tentou me atropelar — disse ela, ofegante.
— Todos os dias me telefonam, me ameaçando, de manhã, de tarde, de madrugada. Principalmente de madrugada. Não me deixam dormir. "Volta pras tuas galinhas, sua gorda nojenta", é o que eles me dizem. Falam coisas piores. E sempre a mesma voz. De mulher.
— A senhora suspeita de alguém em particular?
Ela deu um cacarejo nervoso:
— Tenho mais que suspeita, eu sei quem é — disse, tirando uma foto da bolsa. — Foi essa mulher que arruinou minha filha e agora quer que eu cale a boca, a descarada.
Era a página de uma revista erótica. Marluce Mello, cantora de sucesso e atriz em ascensão, mostrava seus pêlos negros e seus grandes lábios rosados.
— A senhora tem prova do que diz?
— Provas! Eu sei que é difícil para uma mãe dizer isso, mas as duas eram amantes — disse a senhora gorda, corando violentamente. — Foi ela mesma quem disse e ainda riu na minha cara. O apartamento em que ela vive foi um presentinho da minha filha. A gravação do seu primeiro disco também. E muito mais. Eu quero essa sem-vergonha na cadeia.

— Cristel.
— Ivan Gomide. Goma para os íntimos.
— Não somos íntimos.
— A noite é um bebê.
Riu. Ria à toa. Dizia ter vinte, parecia ter vinte, mas tinha catorze anos. Um grupinho alegre gritou alguma coisa, e ela foi até a outra

mesa, andando leve, descalça, uma flor de plástico vermelha nos cabelos negros.

O Chimera é um bar de época, uma máquina do tempo que pretende mergulhar seus freqüentadores na década de 40 americana através de efeitos visuais e sonoros. Os outros sentidos também entram em ação. Não sei se conseguem o que dizem, não sou historiador nem me interesso por isso. Depois do terceiro uísque, tudo é igual. Como eu, todos vêm aqui por causa de Marluce Mello, a proprietária. O bar devia se chamar Casablanca, mas tem algum problema de direito autoral nisso aí.

Cristel volta.

— Por que não me apresenta a seus amigos?
— Eu não tenho amigos. Tenho interesses.
— Ter interesses é uma boa política.
— Vamos dançar.

Cristel se cola em mim, se remexe por mim adentro, e me dá uma idéia bastante convincente do que ela é capaz. Todos dançam assim, colados alma a alma.

De volta à mesa, marcando mais um ponto em seu cartão, Cristel olha para algum ponto na raiz dos meus cabelos. Olhos de vidro, azulados.

— O que você quer de mim?
— Nada. Companhia.

Seguro suas mãos entre as minhas. Frias, cheias de anéis.

— Você não parece muito feliz — digo.
— Você não tem nada a ver com isso.

Ela bebe seu uísque de um trago só, como gente grande. É mate.

— Ninguém aqui te conhece. Você é polícia?
— Não. O que está escrito na minha testa?
— Suas mãos mentem e seus olhos vigiam tudo.
— Tudo me interessa. Você, por exemplo. O que você faz na vida?
— Vivo.

A música pára, o bar escurece e Marluce Mello sobe ao pequeno palco acompanhada por seu pianista. Recebem os aplausos com tranqüila cumplicidade. O homem senta-se ao piano, muito magro, uns trinta anos. Marluce está saindo dos vinte e canta com uma pequena voz aveludada. Cristel se transforma, escuta com atenção apaixonada. As canções são intimistas e, apesar do inglês, todas falam de amor, de um amor ingênuo, carnal, envolvente. Fixos no palco, os olhos de Cristel brilham na penumbra. Afastado o véu da indiferença profissional, ela se revela inteira, uma criança com medo do escuro. Passo o braço em volta de sua cintura e ela descansa a cabeça no meu ombro. Sua respiração é leve, e seu cheiro é um animal que dorme. Me pergunto o que ela faz na vida fora do Chimera e me aborrece o fato de já saber a resposta: vive, deixa viver, faz a vida.

Cristel ergue a cabeça e se levanta de um salto.

— Não!

Sigo seu olhar. Foi em segundos. Um homem cambaleou entre as mesas, tirando alguma coisa do bolso do paletó. A cantora foi jogada para cima pelo impacto da bala e, antes de cair, um baque surdo, um tombo. Estava morta. O pianista se ajoelhou atrás do piano. O homem atirou duas vezes em sua direção. Recebeu uma garrafada no pé do ouvido, caiu, começaram a linchá-lo.

— Não! — gritou Cristel.

— Mata esse filho da puta! — gritavam os linchadores.

— Vamos embora daqui — eu disse.

— Não!

As luzes foram acesas. O atirador se fingia de morto. Talvez estivesse morto. Uma mulher pisava sua cara ensangüentada, uma barata.

— Ninguém sai! — gritava o gerente.

Dei-lhe uma porrada no peito, ele recuou, os braços abertos, procurando ar.

Rodei pela noite, uma chuva miúda lavava a cidade. Cristel chorava, o rosto entre as mãos. Parei o carro no Arpoador. O mar batia forte e sujo.

— Me explica o que aconteceu — pedi.

Não disse nada. Olhava sem ver a água escorrendo no vidro, o ruído monótono do limpador. Acendi um cigarro.

— Apaga essa merda.

Apaguei.

— Conhece o homem que atirou?

— Me leva pra casa.

Morava em Copacabana.

— Me deixa.

Era a minha vez de não dizer nada. Entrei com ela no elevador, fedia como um banheiro público, uma tosse de metal cansado nos levando até o nono andar.

— Agora vê se me larga.

Abri sua pequena bolsa, algum dinheiro, uma agenda, um pente, batom, espelhinho, um molho de quatro chaves. Acertei na primeira. Acendi a luz. Ela ficou de pé na porta, descalça, se mordendo.

— Entra. A casa é tua.

Entrou. Fechei a porta. Era um quarto-e-sala, mais nada. Era entrar e cair pela janela, no pátio interno. Um colchonete, almofadas, pôsteres cobrindo as paredes, uma vitrola automática, alguns discos, nenhum livro.

— Bela caverna.

Ela abriu a janela e montou no peitoril, uma perna dentro, outra fora.

— Some daqui! Não se aproxime!

Senti uma mão de gelo na garganta.

— Você não vai fazer uma besteira dessas.

Estranhei minha própria voz. Dei-lhe as costas e fingi olhar os pôsteres.

— Você tem um minuto pra sumir daqui.

Não estava brincando.

— Some daqui! — gritou.

Janelas se abriram, vozes gritaram de volta.

— Já fui expulso de muitos lugares...

— Some!

Fingi sair. Voltei rápido, mas ela estava lá na janela. Sorriu para mim. O sorriso mais mortal que já tinha visto num rosto. Saí de vez. Chamei o elevador e mandei-o para baixo. Silêncio. Me colei na porta. Fechada. Fiquei ouvindo as batidas apressadas do coração dela ouvindo as batidas do meu coração apressado. Ficamos assim um bom tempo.

Fui para casa, no Flamengo. No rádio, um repórter me informava que o atirador era um médico de cinqüenta anos, amante de Marluce Mello havia cinco meses. O médico morreu linchado. O pianista, que tinha levado um tiro na barriga, estava fora de perigo.

Carmen Lamego tinha me pagado em dólares para descobrir os assassinos de sua filha. Eu não tinha uma pista. Nunca vi tanta peça, acompanhei tanto ensaio. Nunca vi tanto maluco em minha vida, de todos os sexos possíveis. Os caras fazem qualquer coisa para aparecer. Me apresentei como produtor de cinema e cadastrei mais de duzentos candidatos a astro e estrela em dez dias. O pessoal dá a bunda, a alma e o diabo a quatro para chegar ao sucesso.

É claro que rodei também o mundinho parapsicológico: astrólogos, quiromantes, numerólogos, tarólogos, umbandistas, kardecistas, hare krishnas, candomblés e tudo o mais. Descobri que o que tem de maluco à solta é uma enormidade e é um espanto que o país ainda funcione. Descobri também que nem Nostradamus sabia quem tinha matado Lilian Lamego. Pedi a um futurista para jogar búzios e descobrir os assassinos para mim. Pedi de sacanagem, ele jogou, fez uma cara de terror e pediu para eu não me meter porque o negócio era magia negra da pesada. Uma vidente olhou na bola de cristal e disse a mesma coisa. As notícias correm rápido no submundo dos mistérios.

Estava de mãos vazias. Então fiz o que sempre faço nessas horas: fui procurar o Tigre.

A primeira coisa que você vê quando entra na jaula é um grande mural com a enorme cara de um... tigre. Uma porta se abre no meio do mural, e você entra (pela boca do tigre) na furna de um dos humanos mais estranhos deste mundo real.

É preciso coragem para ficar frente a frente com o Tigre. Uma veia grossa sobe da base do pau do nariz, atravessa a cabeça e acaba num pequeno caroço na base da nuca. Parece um tubo de força, um canal de energia. Qualquer outra pessoa com um troço desses no meio do rosto teria se transformado numa personalidade tímida e noturna, se escondendo do mundo e sofrendo de desespero estético, moral e social. Menos o Tigre. Uma barba espessa, uma cabeleira encaracolada e grandes olhos verdes ou acinzentados (dependendo da luz) completam sua imagem poderosa. Quem visse o Tigre jamais o esqueceria. Aos cinqüenta e tal ele continua em forma.

O Tigre não trabalha com coisas miúdas. O nível dele é presidencial, internacional, vip. Mas, apesar disso, ou exatamente por causa disso, é o cara mais bem informado sobre tudo o que rola nos submundos.

— Senta aí, Goma — disse o Tigre. A voz dele, rouca e profunda, também tinha sido trabalhada com exercícios e cursos de dicção. — O que é que você manda?

Falou por falar. Estava, como sempre, enchendo os seus arquivos com novos dados sobre os figurões da política e das finanças, entre outras coisas. Continuava cuidando da sua aparência. A implantação em lugares estratégicos tinha dado certo, e sua cabeleira florescia negra e com vários tons de grisalho.

Depois de algum tempo, ele se virou para mim e riu de minha cara com irônicos olhos verdes. A verdade é que o Tigre não tem o mínimo respeito por mim. Não tem respeito por ninguém. Uma rede de TV o convidou para ser apresentador de um programa de entrevistas, e ele recusou dizendo que não havia personalidades no país que merecessem um bate-papo público com o Tigre. Eu sou seu instrumento: ele não mete a mão na merda, e eu sou o idiota ideal para os trabalhos sujos.

— O que você manda?

— Lilian Lamego.

Ele se virou de lado, vasculhou seus escaninhos e começou a vomitar informações.

— Madame Carmen Lamego esteve aqui e eu passei o caso pra você. Pedi que te pagasse em dólar.

O chato com o Tigre é isso: ele está sempre um passo na tua frente ou montado na tua garupa.

— Obrigado — eu disse.

— Não precisa agradecer. Quero um servicinho teu.

Falou o nome de um político do momento, candidato quase imbatível a um ministério. Me deu nomes, contatos e um plano de ação. Guardei tudo na memória.

Depois ele me entregou um pequeno dossiê e passou a me falar de Lilian Lamego.

— Aqui estão as principais pistas para o caso Lilian Lamego. Há cinco anos, um sensitivo chamado Thomas Jefferson Harneck publicou um livro que tem por título *O começo do fim*. O sujeito é brasileiro, Thomas Jefferson Santos Silva, o Harneck vem do astral. Nesse livro ele afirma que o câncer é um castigo para a humanidade pecadora, uma correção de rumo, já que o homem está mergulhado até o pescoço na inautenticidade. Não adianta fazer nada, ninguém encontrará a cura do câncer. Ao mesmo tempo em que é um castigo, o câncer é uma prova. Alguns escolhidos serão capazes de vencer a peste e se transformar no homem novo, o homem do terceiro milênio, o homem final. Entre outros milagres, esse "homem final" será capaz de usar 50% de sua capacidade cerebral. E aí você pode dizer: se é o homem final, por que não usar 100% de seu cérebro? Por que não instaurar logo o homem revelado, o homem-deus?

Me acomodei o melhor que pude na poltrona, pronto para dormir. O Tigre sabia ser pedante em meia dúzia de línguas. E veio vindo das cavernas, passando pelo Egito, Grécia, Roma, Índia, Idade Média. Dei um bocejo. Galileu e a Igreja. Os astecas, Shakespeare, o melhor dos mundos possíveis, o iluminismo. Dei outro bocejo. Freud, Jung, Krishnamurti, Wittgenstein, a Bíblia, mais Shakespeare. Dei outro bocejo.

Tudo isso estava naquele dossiê, e ele não precisava me repetir. Me preparei para roncar.

— Concluindo: Caliban, o canibal, está no comando. Caliban está prosperando. Esta é a eterna luta entre a luz e a treva, a razão e a loucura, a civilização e os bárbaros. Lilian Lamego é apenas mais uma vítima sacrificial num longo culto milenar. Não existe culpado nem solução. Por enquanto, a treva e a loucura estão vencendo. Ó Rosa, estás doente! — recita o Tigre. — Você não vai resolver esse caso, mesmo que encontre os culpados.

Peguei o dossiê e saí. Durante três dias rodei sebos e livrarias da cidade à procura de *O começo do fim*, de Thomas Jefferson Harneck, Editora Nova Era. Estava em falta ou esgotado, ninguém se aventurava a dizer que não conhecia. Para aumentar minhas chances, passei a freqüentar restaurantes naturais, comendo mato e cagando bosta verde.

Foi num desses restaurantes, no centro do Rio, que conheci Tônio Alencastro, um sujeito alto e magro, cabelos negros até os ombros, olhos místicos e uma total indefinição sexual. Sua voz, seus gestos, seu ponto de vista passavam, iam e voltavam do masculino para o feminino sem transição. Falava sem parar sobre o regime perfeito, astral e karma. Perguntei se conhecia alguma coisa de Thomas Jefferson Harneck.

— Você leu *O começo do fim*? — gritou.

— Li — menti. — Mas roubaram o meu exemplar. Estou querendo comprar outro.

Os olhos de Tônio Tônia se encheram de lágrimas. Falou longamente sobre a teoria do hermafrodita em Harneck, um avanço em relação ao *yin* e ao *yang* chinês, uma síntese mais profunda que o *Tao*. Ele falava, e eu boiava, mas de olhos bem abertos, sorrisos e acenos de cabeça nos momentos que julgava certos. Tônio Tônia tinha um compromisso inadiável. Puxou seu cartão e escreveu atrás um endereço e uma hora. Aquele nosso encontro era o começo de alguma coisa muito grande. Eu não podia faltar. Ele levaria um exemplar de *O começo do fim*. Autografado. Eu não faltaria.

O Apotheosys ficava em frente à igreja de São Gonçalo. Era quase meia-noite, e uma multidão de jovens enchia a rua. Os seguranças estavam tendo trabalho. Fiquei olhando um pouco. Um crioulão de dois metros de altura parou na minha frente.
— Você é Ivan Gomide — disse.
— Você é que está dizendo.
— É ou não é?
— Sou.
O crioulão deu um largo sorriso, um dos maiores que já tinha visto, e me levou para dentro. O salão era pequeno para tanta gente, tantas câmeras, fios, luzes. O calor era quase insuportável. Tônio Alencastro, *manager* da Sangue Novo Produções, corria de um lado para o outro, todo de branco, dando ordens, dirigindo o tumulto. O crioulão me empurrou na direção de Tônio, que me recebeu de abraços abertos.
— Que bom que você veio — disse Tônia, me beijando na boca.
— Eu e o universo — eu disse, meio desbundado.
— Mas você é meu convidado especial.
O crioulão olhava para nós dois como se fosse um padrinho. Juro que ele estava comovido.
— Arranja um canto ou então fica rodando por aí. Depois do culto a gente vai pra minha casa — disse Tônio Tônia.
Fiquei rodando por ali. Lá pelas tantas, câmeras e luzes já estavam afinadas. Começou então a afinação do som. Uma banda de garotões cabeludos fazia uma zoeira desgraçada para que uma morena pequena e tesuda, vestida em roupas bufantes e transparentes, usando apenas um tapa-sexo, cantasse alguma coisa que eu não conseguia entender direito.
Tudo pronto e a banda ergueu uma onda de som e a morena começou a surfar nela. A seu lado, um casal de dançarinos, usando apenas chapéu, dançava com fúria contida. De repente, tiraram os chapéus, soltaram suas imensas cabeleiras e começaram a se chicotear com violência. Devia haver algum tipo de lâmina nos cabelos (não sei por que pensei em linhas com cerol) já que em pouco tempo os dois estavam sangrando. Depois, sempre dançando, pararam de se chicotear e passaram a se lamber. Das lambidas passaram aos chupões e dos chupões para uma trepada animalesca. Foram imediatamente substituídos por outros dois dançarinos, e

assim por diante. Quatro casais de dançarinos se revezaram no palco fazendo a mesma coreografia e sangueira idem.

Na platéia, o delírio era total. Uns vinte casais de jovens se chicoteavam com seus longos cabelos, alguns nus, outros vestidos, enquanto Tônio Tônia filmava tudo com uma câmera de vídeo ao mesmo tempo em que dirigia outros dois câmeras. O delírio era total e, se uma meia dúzia saísse dali em estado de coma astral, seria lucro. No palco, a banda mantinha a onda pulsante. A cantora morena estava toda salpicada de vermelho, mas mergulhava fundo.

Lá pelas tantas, tudo parou e minha cabeça estava enorme, latejando como um sino. Acordei, vindo não sei de onde, para focalizar na minha frente um suado e ensangüentado Tônio Tônia:

— O que você achou?

— Fantástico. Por que culto, e não show? — perguntei.

— Todo ídolo é uma manifestação do deus. Todo fã é um entusiasta, um fanático. Não se trata de espetáculo, mas de religião.

Concordei e procurei o banheiro. Tinha sangue nos cabelos e nos sapatos. Saímos do Apotheosys e fomos para o sítio onde Tônio Tônia morava com sua tribo de uns vinte fanáticos. Tomamos um banho de cachoeira. Depois foi servido um banquete vegetariano e vinho tinto para os convidados. O vinho devia ter alguma coisa, porque acordei numa enorme cama, nu e bem arranhadinho, com três garotas, entre elas a cantora. Dormi de novo.

Acordei lá pelo meio-dia. Uma sorridente garota de seus dezesseis anos, vestida de branco, me trouxe leite e frutas e colocou minha roupa limpa e passada ao pé da cama. Comi, tomei banho, me vesti. Entre minhas roupas estava *O começo do fim*, Edições Sangue Novo (e não Nova Era. Seria uma outra edição? O Tigre também erra?), e autografada por Thomas Jefferson Harneck. A letra era a mesma de Tônio Alencastro. Dentro havia um bilhete de Tônio Tônia: tinha ido a São Paulo, de lá partiria para Nova Iorque, voltaria dentro de quinze dias. Queria me ver na volta.

Caminhei um pouco pelo sítio. Homens e mulheres, todos muito jovens, fiavam, teciam, conversavam. Vacas pastavam. Pensei: *ashram*. Minha cabeça estava limpa, vazia: se eu tinha sido iniciado, eu tinha sido iniciado em quê? Caminhei até o meu carro. No portão havia um espécie de guarita camuflada por trepadeiras e um segurança armado. Pelo menos alguma coisa normal. Do lado de fora, o sítio parecia um castelo inexpugnável. Em cima do muro alto, cinco linhas de arame farpado, certamente eletrificadas.

O fato é que pela primeira vez na vida estive presente a um lançamento de moda. Kristine, a morena tesuda, acabou estourando em todo o Brasil e a dança do chicote-cabelo tomou conta de todos os adolescentes do país.

Três outros crimes muito parecidos com o de Lilian Lamego aconteceram em São Paulo, no Rio Grande do Sul e no Ceará. A coisa começava a ficar comum demais, fora de controle. O Tigre tinha razão: os bárbaros estão vencendo.

Tornei-me um fiel de Tônio Tônia. Ele me emprestou três de suas seguidoras e consegui colocar o filho do senador nas primeiras páginas dos jornais populares. O senador perdeu o ministério, e o Tigre me agradeceu como se fosse o rei dos animais.

Continuo nas investigações mesmo depois da morte terrível de Carmen Lamego, muito parecida com a da filha. Agora é uma questão de honra. Cristel desapareceu, e espero que não tenha ido daqui para um lugar pior. Tônio Tônia está no centro dos crimes. Tenho certeza. Quase certeza. Mas preciso provar. Preciso pegá-lo, antes que ele me converta.

3

Mutação

Atingido no peito, mais uma vez o Juiz viu tudo oscilar. Só que dessa vez não caíra da cama, tinham-lhe arrancado o tapete da verdade debaixo dos seus pés. Num último esforço, tentou erguer o braço, apontar, ser um terceiro olho na cegueira de seu assassino. O braço não lhe obedeceu. Nada mais lhe obedecia.

— Confessa! — gritou o Delegado, a orelha colada na boca do Juiz. — Confessa!

Sacudiu-o violentamente pelos ombros. Ele não confessava. Seus olhos ficaram de vidro. Estava morto.

Ofegante, suando muito, deitou o corpo do Juiz sobre o colchão, como se fosse um recém-nascido. Depois, fazendo um grande esforço para não correr, dominando o pânico, saiu em busca do Médico.

Atravessou a praça e estacou bruscamente. Maquinalmente, sentou-se no banco polido pelo uso de tantos anos. Estava só, como tanto temera. O Médico, desaparecido, talvez morto. Vivo, morto, desaparecido, de nada lhe serviria o Médico. O desgraçado não sabia a diferença entre uma gripe e um resfriado, um incompetente, seria capaz de assinar seu próprio atestado de óbito. O Professor também não lhe serviria. O Professor vivia no mundo das luas de Júpiter, tentando decifrar os hieróglifos absurdos de civilizações marxianas extintas. E xingando os venusianos, que um dia (ele acredita nisso com todas as forças) o transformariam numa velha. A Velha seria a guardiã de uma nova espécie que dominaria a Terra. Numa noite de tempestade, o Professor dormira em sua casa e acordara gritando desesperadamente Cristel Cristel Cristel. Foi difícil convencê-lo de que ainda era um homem.

Estava só, precisava encarar de frente essa realidade. E a outra: era um assassino. Não confessara, o idiota. Olhou para cima. Da janela, a irmã do Médico o olhava. Zombava dele, podia jurar. Sorria. E estourou por trás da cortina como uma bolha de sombra.

Estava só. Precisava se livrar daquele estúpido cadáver. Voltou a subir os degraus da escada de três em três. Na sala, para sua surpresa, as peças estavam de pé: Rei, Rainha, Bispo, Torre, Cavalo, Peão. Ele mesmo arrumara as peças e não se lembrava (?). No quarto, para seu terror, o cadáver tinha desaparecido. Sobre o colchão, seu velho revólver esfriava. Colocou-o no bolso e saiu. Nervos de aço. Era preciso pensar. Nada de pânico.

Suas pernas o empurraram para o lado pobre da cidade. Sob a luz cruel do sol, a cidade agonizava. A imensa planície cercava por todos os lados esse pequeno cupinzeiro. O céu baixo fazia tudo para esmagá-la com estrelas rasantes, raios zebrados, calores abafados, mormaços oleosos. Longe, léguas de distância, jardim de reflexos, passava a rodovia que levava cidades a outras cidades, talvez países. Não havia provas. Como um ovo que se julgasse inexpugnável, a cidade resistia dentro do calor.

Olhos de indiferença o seguiam. Eram ratos. Eram menos do que ratos. Encolhidos em suas tocas, espojados em seu próprio estrume, aguardavam a chegada da noite. Eram orgulhosos até no estômago: comiam apenas os seus próprios mortos. Aqui o estúpido cadáver do Juiz apodreceria ao sol, à chuva, às estrelas, os cães mijariam em cima. O empesteado orgulho dos ratos.

À sombra de uma árvore, um grupo de crianças comia barro. Faziam bolinhas com o barro, cuspiam no barro, mastigavam o barro com o prazer distraído de pequenas bestas. Seus corpos raquíticos, suas enormes barrigas grávidas, seus umbigos disformes, suas perebas (que também comiam), suas feições de índio e de negro, seus olhos de roupa suja esfarrapada — eram repulsivas, aquelas crianças. Cada geração trazia um traço novo de vileza.

À luz do dia, via o quanto era ambiciosa e risível a esperança do Médico de tirá-los de sua degradação, empurrá-los para cima. Convencido pelo Juiz e pelo Professor, chegara a acreditar que as pesquisas levariam a um novo Ser. O Juiz e o Professor divergiam sobre os benefícios finais da pesquisa. Para o Juiz, tratava-se de aprimorar o que já se tinha, de aperfeiçoar ratos em homens. Para o Professor, aquela era a última esperança, a tentativa de erguer uma muralha contra a invasão dos filhos de Cristel.

Embarcara nos delírios contraditórios dos seus amigos e perdera a conta das crianças que caçara pelas madrugadas. Até o dia em que entrou no laboratório. Pensara que já tinha visto tudo. Nunca vira nada tão monstruoso.

Decidiu ir ao laboratório do Médico. Era o que estava decidido a fazer essa manhã, quando um estranho ímpeto o levou à casa do Juiz. Sentia-se um rodamoinho de vontades conflitantes, e isso o inquietava: sempre detestara os poetas! Quantas vezes, no quintal, ouvindo o grito desesperado das crianças, não pensara surpreender um vulto que o espionava? Virava-se rapidamente e nada: árvores, escuridão, estrelas. Tudo desaparecera: o Médico, o Professor, o cadáver do Juiz.

Levantou a argola e bateu. O metal queimou sua mão. Bateu com o cano do revólver. Ninguém atendeu. Chutou a porta com raiva, e ela abriu, sem ruído.

Sentiu-se ridículo. Foi entrando. Passou por corredores de profunda escuridão, subiu degraus de luminosidade intensa. Gritou várias vezes e teve o desprazer de ouvir a própria voz, trêmula, ecoar pelos espaços desconhecidos. Sabia, agora mais do que nunca, que era o único culpado por estar só.

Uma eternidade depois, encontrou um lance de escada e desceu por ele. Suava, suas pernas tremiam. Tinha fome, sede e cansaço. Provavelmente medo. Achou-se dentro de uma grande sala, diante de uma porta. Pensou em bater, mas não fazia sentido.

Lá estavam eles, três, quatro, cinco, vinte. A luz, passando através das camisolas compridas, mostrava seus corpos nus. Eram todos iguais, olhados de qualquer ângulo, sob qualquer luz. A carne muito branca, os ossos largos, a musculatura confusa, a boca amarga com dentição dupla. Uma estopa amarela cobria-lhes o crânio comprido. E os olhos aguados. Podia-se deixar de lado as mãos enormes, os pés disformes, mas não aqueles olhos. Vinham do fundo de um poço de desmaio e viam sem nada notar, nada comover, vazios, cegos de alma. De que brincavam? O que os fazia gritar de alegria? Que canção os ninaria? Qual história lhes tiraria o sono?

Com um gesto profissional, escolheu uma menina (devia ser uma menina) e andou com ela para o outro extremo da sala. Preferia os meninos, mas essa diferença já não importava. Ela deitou-se na cama e ergueu a camisola até a cintura. Comoveu-se com a simplicidade desse pequeno gesto. Estirou-se a seu lado e tentou acendê-la com velhas carícias. Ela o encarava de longe, apenas para afirmar sua existência, que estava viva. Tentou perguntas, caretas, sorrisos, era uma vez, promessas, doces, bonecas que falam, mundo lá fora, mas todas as suas tentativas eram absorvidas pela esponja daquele olhar. Humilhava-se em palhaçadas, buscando uma palavra, um gemido, uma queixa.

— Quem é você? — gritou. — O que é você? Fala alguma coisa. Aaaaaa. Bêeeee. Fala. Você tem boca. Eu estou vendo. Boca! Vamos. Fala alguma coisa. Fala!

Deu-lhe uma bofetada.

Ela fechou os olhos e voltou a abri-los, lenta, lentamente. Nem dor nem medo nem espanto: dois olhos que se olhavam olhar. Era invencível, negava-lhe até mesmo o prazer de violentá-la.

Levou a menina de volta ao grupo e saiu da sala. Subiu o lance de escada e, controlando o pânico, começou a fazer o caminho inverso. Não procurava entender. Procurava a saída, o sol, a cidade dos ratos. E, mais do que tudo nesse mundo que não entendia, procurava acordar.

Saindo de um corredor de escuridão para outro de luz, ofuscado, seguiu em frente. Até que um forte e múltiplo abraço o envolveu. O aço de um abraço.

— Me lllaarga! — grita.

Viu seus pés balançando no ar, e aqueles pés no ar, por alguma razão que já não importava, encheram-no de vergonha. Gritou mais uma vez e não conseguiu ouvir o som que aquele grito fazia. Mas ouviu o crepitar dos próprios ossos — o crepitar de folha seca, de lenha seca, de coisa minuciosamente esmagada. Lutou, não para escapar, sabia que era impossível, mas para saber de que morria. Não gostava de mistérios. Seu pescoço estalou como uma porta violentamente fechada pelo vento.

4
O último predador

Os morros, o frio verde descendo das montanhas, a serra, a chuva, o sol, o silêncio rural. E, no entanto, Veredas era um enclave artificial plantado no centro da hipercidade Rio São Paulo. A reserva tinha sido descoberta, muitos anos antes, por um grupo de dinamarqueses. Depois vieram os *hippies* e os intelectuais. Aos poucos, Veredas foi se tornando uma ilha de paz, uma terra paradisíaca entre duas cidades de ninguém. Virou local da moda, mas nunca perdeu essa condição de mito verde. Quando as duas grandes cidades incharam a ponto de devastar tudo o que estivesse a seu alcance, um grande número de pessoas influentes decidiram lutar para que Veredas fosse preservada como um verdadeiro santuário. Fugindo aos padrões de um tempo cinza, Veredas tinha sobrevivido: visitá-la era entrar em contato com o que ainda restava da natureza.

A Semana Santa prometia. O hotel tinha sido lotado com três meses de antecedência.
— Sejam bem-vindos — disse JP-2067, sorrindo amarelo.
Gostava do casal MS-1040 com a mesma intensidade com que detestava o casal de crianças. A fêmea MS-1040 era engenheira genética e, aos 35 anos, diretora de um pequeno laboratório especializado em vida artificial. O macho MS-1040, aos 38 anos, era roteirista de cinema e TV. Já a menina e o menino MS-1040 eram dois filhotes do diabo. JP-2067 tinha sérias razões para acreditar que cabia aos dois a arte de ter despejado certo produto químico na piscina do hotel. Todos os hóspedes que caíram n'água, sem exceção, ficaram empolados e comichentos, e azuis. Um impagável prejuízo para a reputação do Veredas Hotel.
— Gostei muito de seu último especial, Sr. MS-1040 — disse JP-2067, ajudando o carregador a levar as malas.
O macho MS-1040 sorriu por trás dos seus óculos fundo de garrafa. Bebia muito e falava pouco. Um tímido num tempo de homens e mulheres de reações emocionais instantâneas.
— Eu não gostei — disse a fêmea MS-1040. — Não se pode ser contra a ciência num tempo como o nosso.

Subiram as escadas atapetadas de veludo sintético.

— Quero passear de cavalo — disse o menino.

— Eu também quero — disse a menina.

— De tarde — comandou a fêmea MS-1040. — Por favor, eu quero uma babá para as crianças. Negra.

O quarto, futuresco e espaçoso, lançava amplas janelas em direção às montanhas. Havia uma porta que levava a um outro pequeno quarto, para as crianças. Era assim em todos os vinte andares. O Veredas era um hotel família, animais quase em extinção: a família e os hotéis familiares.

— Você trocou a cortina — denunciou a fêmea MS-1040.

— Gostou? — perguntou JP-2067.

— Não. Odeio vermelho.

— Vou mandar trocar. Qual cor prefere?

— Verde. Adoro verde.

JP-2067 desceu e, no saguão, encontrou-se com AA-2079, chefe do pessoal:

— Você e suas manias de cores vibrantes! — gritou. — Quero cortinas verdes em todos os quartos. E arranje uma babá para o casal MS-1040. Negra.

— Começo a entender — disse AA-2079. — Aquele monstro genético está aqui.

— Mais respeito com os meus hóspedes! E mande alguém ficar de olho nas crianças. Principalmente quando estiverem zanzando perto da piscina. Entendeu o que eu disse?

— Sim.

AA-2079 saiu ajeitando os longos cabelos arroxeados.

— Bissexual! — resmungou JP-2067.

A tarde veio descendo das montanhas. Sentado no bar do hotel, diante da garrafa de uísque, o macho MS-1040 lia Proust, deliciado, cotejando o original com a tradução brasileira. Preparava-se para uma conferência que daria, dali a dois meses, na Sociedade dos Amigos de Proust, da qual era segundo secretário. Sua ambição, bastante razoável, era chegar à presidência da SAP.

À medida que a noite se aproximava, o bar ia se enchendo. Mas nada seria capaz de romper o silêncio concentrado do macho MS-1040. Lia com um sorriso nos lábios, os óculos ligeiramente embaçados.

— Ainda não trocaram as cortinas — disse a fêmea MS-1040.
— Assim não é possível — disse JP-2067.
— Esta também é a minha opinião.
— Vou tomar as devidas providências.
— Quanto mais rápido, melhor.
— E a babá? — perguntou JP-2067. — Gostou da babá?
— Não gostei — disse a fêmea MS-1040. — Eu quero uma babá bem pretinha, dentes muito brancos, bem negra.
— Infelizmente não temos. Os negros não estão à altura da categoria de nossos serviços.
— Em outras palavras: o senhor é racista.
— Racista?! Eu?! Não se trata de racismo, mas de qualidade de mão-de-obra.
— Isso eu conheço melhor do que o senhor.
— Com toda a certeza.
— Quero uma babá pretinha e bonita. E também quero as cortinas verdes.

— *It's too late* — disse a babá KL-1000.
— Mas eu quero andar a cavalo — disse o menino MS-1040.
— Queremos — disse a menina MS-1040.
— *Too late. No horses today.*
— Mas nós queremos.
— *No horses.*
— Queremos! Queremos! Queremos!
O grande rosto gordo de KL-1000 foi ficando vermelho, e seus olhos ficaram um pouco mais azuis. Pegou as crianças com uma força homicida e as levou de volta ao hotel.
— *No horses!*

A família MS-1040 estava reunida em volta da mesa de jantar com outras cinqüenta famílias.
— Tenho horror a comida sintética — disse o macho MS-1040. — Acho isso degradante.
— Pensei que você gostasse — disse a fêmea MS-1040. — Aliás, a comida sintética é a única razão para se ficar neste hotel. O resto é de uma incompetência a toda prova.

— A babá me deu um cascudo — disse o menino.
— E me puxou os cabelos — disse a menina.
— Ela é gorda e branca.
— Gorda, branca e bruta.
— Chega de queixas — cortou a fêmea MS-1040. — Amanhã eu arranjo uma babá pretinha pra vocês. E você, aonde vai?
— Ao bar — disse o macho MS-1040.
— O *daddy* de vocês também gosta de *horse* — disse a fêmea MS-1040. — Black Horse. Um uísque a cavalo.

SF-0900 era pretinha e bonita. Meio dentuça. Tinha os dois dentes da frente bem separados. Desde os oito anos cuidara dos cinco irmãos menores. Gostava de crianças, apesar disso.

JJ-9018 sorriu, mostrando os dentes grandes e amarelos. Dava para ver que ele alugava cavalos.

— Eu quero três — disse SF-0900.
— Só tenho dois.
— E aqueles outros?
— Todos alugados.
— Minha patroa alugou três.
— Eu sei. Mas só tenho dois.
— Duvido.
— Problema seu. Se quiser, tenho uma charrete.
— Não quero porcaria nenhuma de charrete. Quero três cavalos.
— Pois é. Mas só tenho dois.

Depois de testar e rejeitar meia dúzia de cavalos, SF-0900 escolheu os dois mais mansos.

Partiram. As crianças MS-1040 a cavalo e SF-0900 a pé, ao lado, à frente deles.

— Não precisa usar espora.
— Eu sei.
— Mas está usando. É só deixar ele ir.

Ao pé da montanha, o menino MS-1040 gritou:
— Eu vou até lá em cima.
— Eu também vou — disse a menina.

Entraram por um picada e esporearam os cavalos.
— Por aí não!

SF-0900 correu atrás deles.

As buscas começaram no sábado de manhã, sob o comando de CT-3854, o delegado.
— Se estão na mata, nós os encontraremos — disse CT-3854.
— Vivos? — perguntou a fêmea MS-1040.
— Eu já fui Deus, minha senhora, mas veio a idade e eu desisti.
— Não tem nenhum animal selvagem na região?
— Os poucos animais selvagens do planeta, como a senhora deveria estar cansada de saber, estão nos zoológicos. E muito mal. Pior que os loucos nos sanatórios, se isso é possível. Apenas os insetos resistem. Eles herdarão a Terra.
— Pelo que vejo, além de delegado, o senhor é um entomologista — disse a fêmea MS-1040.
— E a senhora, segundo me dizem, uma engenheira genética — disse CT-3854.
— Pelo seu tom, vejo que estou diante de mais um homem que odeia a ciência. O senhor é terrorista?
— Sou apenas um apaixonado pela natureza. Mas nunca fui correspondido.
No meio das buscas, fazendo uso de um megafone, o macho MS-1040 gritou:
— Não tenham medo! Fiquem calmos. Vocês são índios, e índios não se perdem no meio do mato.
A fêmea MS-1040 achou de extremo mau agouro essa referência a uma raça extinta.
Nada aconteceu no sábado.

Ao meio-dia de domingo, os cavalos foram encontrados.
— Está faltando um — disse a fêmea MS-1040.
— Não está faltando nenhum — disse JJ-9018. — Eu só aluguei dois.
— Mas eu pedi três.
— E eu só tinha dois.
— O senhor também acredita que os negros são mais competentes a pé do que a cavalo?
— Eu só tinha dois.

Apenas o instinto comercial, nada mais, impediu JP-2067 de afirmar que a humanidade nada perdera com o desaparecimento daquele casal de moleques.

— O senhor já pensou em seqüestro? — perguntou ao macho MS-1040, no bar.

— Que espécie de seqüestro? — perguntou CT-3854.

— Político — disse JP-2067, já meio arrependido. — Afinal, a fêmea MS-1040 é engenheira genética e diretora de um laboratório...

— E os grupos de terroristas estão aí em plena atividade — completou CT-3854. — E eu devo ser o principal suspeito.

— Por quê? — perguntou o macho MS-1040, não acompanhando o raciocínio.

— Minha filha participou do seqüestro do presidente da General Genetics do Brasil. Ela e seu grupo estão agora numa colônia penal na Amazônia brasileira.

— Plantando batatas sintéticas. — A fêmea MS-1040 não conseguiu se controlar.

CT-3854 fingiu que não ouviu.

— Não acredito em seqüestro — disse. — E meu respeito pelo movimento terrorista terminou quando aquele grupo tentou explodir as usinas de Angra dos Reis. Detesto suicidas.

Pouco depois, CT-3854 se retirou.

— Ele está acabado — disse JP-2067 para os desfilhados MS-1040.

— Ele devia entregar o cargo.

O Exército foi chamado para participar da busca, mas não houve nenhum avanço significativo.

Na manhã de quarta-feira, as esperanças começaram a diminuir.

— Que tal o senhor entrar em contato com o Comitê Central do Terrorismo? — perguntou a fêmea MS-1040.

— Isso não existe — disse CT-3854.

— Existe, e o senhor sabe muito bem disso.

— Em outras palavras: a doutora acredita em seqüestro e está insinuando que eu participei dele.

— Sim. E denuncio o senhor como agente infiltrado, conspirando para destruir o meu trabalho e a minha família.
— Vejo que seu trabalho vem antes da família. Seus filhos são de proveta?
— Não admito que me trate assim.
— Nem eu admitirei que a senhora me calunie. Controle a sua paranóia.
— Pois então exerça a sua eficiência.
— Vocês dois, parem com essa merda vocês dois! — gritou o macho MS-1040, dando um soco na mesa.
JP-2067 correu solícito para trocar a toalha e servir mais bebidas.
— É o cansaço! É o cansaço!

SF-0900 foi encontrada às onze horas da noite de quarta-feira, em estado de choque. Foi internada no hospital. Tinha hematomas por todo o corpo e um pedaço de sua coxa tinha sido arrancada a dentadas.
— O senhor disse que os animais selvagens estavam extintos por aqui — disse a fêmea MS-1040 para CT-3854.
— Disse e repito.
— Não acredito no senhor. Não acredito em ninguém deste lugar.
— Nós concordamos nisso pela metade.
— Viu a dentada na perna dela? Um animal enorme deve ter mordido a negra. E deve ter devorado meus filhos.
— Não acredito.

Na quinta-feira à tarde as crianças MS-1040 foram encontradas. O pouco que tinha sobrado delas.
— Enfrente sua incompetência, delegado — disse a fêmea MS-1040.
— Não é possível que um grupo de terroristas tenha soltado, por exemplo, um casal de onças nesse mato? — perguntou o macho MS-1040, meio bêbado como sempre.
— Toda esta região está sem bicho — disse CT-3854. — Um casal de onças morreria de fome por aqui. Só tem árvores, insetos, algumas espécies de pássaros.
— Os moradores de fim de semana, apesar de alimentados

sinteticamente, são um bom prato — disse a fêmea MS-1040, enquanto recolhia os restos das crianças dentro de uma sacola de plástico.
— Uma onça não deixaria escapar um cavalo — disse CT-3854.

Procuraram-se onça e terroristas. Não se encontrou nada.

Os pequenos MS-1040 foram presumidamente as primeiras vítimas de uma onda de canibalismo que varreu o planeta. Em todas as hipercidades se repetiram casos semelhantes de desaparecimento. Na Rio São Paulo contaram-se 120 crianças trucidadas em apenas um mês. Em Nova Nova Iorque, em London London, na Recife Olinda, os números eram os mesmos.
— Para Marte! — gritavam os manifestantes.
— Para Vênus! — gritavam outros.

A idéia é que tudo não passava de uma síndrome canibalística devida à superpopulação. Alguns grupos ativistas criaram então a campanha de colonização imediata dos outros planetas.

Para Marte, para Vênus, para Titã, para as profundas do inferno: o certo é que o número de mortes violentas aumentou e passou a atingir homens, mulheres e até mesmo velhos.

"Cuidado! Você pode estar comendo o próprio filho."
(De um panfleto apreendido no esconderijo do Comitê Central do Terrorismo Planetário, sediado em algum lugar do Planalto Central)

"Somos humanos. Somos a humanidade. Ó homens de sangue vermelho, vigiai!"
(Do discurso do secretário-geral da ONU)

Os MS-1040 decidiram fixar residência no Veredas Hotel. Uma decisão sentimental num mundo sem espaço para isso.

Sentado no bar do hotel, o macho MS-1040 lia Proust. "Outro incidente ainda mais fixou minhas preocupações do lado de Gomorra. Tinha eu visto na praia uma bela jovem esguia e pálida cujos olhos, em redor do centro, dispunham raios tão geometricamente luminosos que se pensava, diante de seu olhar, nalguma constelação."

Na verdade, já fazia um bom tempo que o macho MS-1040 deixara de ler Proust: ele apenas lembrava, deixava passear sua memória pelo texto que ele fizera de seu último refúgio contra a desumanidade do tempo que lhe coubera testemunhar. "Talvez cada noite aceitemos o risco de viver, durante o sono, sofrimentos que consideramos nulos e não acontecidos, porque serão suportados no decurso de um sono que julgamos sem consciência."

O macho MS-1040 deixou que sua atenção se soltasse da memória e focalizasse a entrada do bar. Sorrindo, exultante, a fêmea MS-1040 caminhava em sua direção com uma criança em cada mão.

Indeciso entre o espanto intelectual e a atávica alegria paterna, o macho MS-1040 se levantou e abriu os braços para receber de volta, como um milagre, os dois filhos ressuscitados. E, enquanto abraçava as crianças, viu as lágrimas nos olhos sorridentes da fêmea MS-1040, o falso júbilo de JP-2067 e o desânimo profissional de CT-3854.

"Dessa vez ela foi longe demais", pensou proustianamente o macho MS-1040, enquanto as crianças se agarravam a ele na autêntica alegria do reencontro. "Ela é a responsável pela degradação da humanidade ao nível das feras. Num momento de extrema fraqueza, ela se deixou ferir. E repetiu a queda do ser humano desde o princípio dos tempos. Ela pensa que é Deus, mas é apenas uma estátua de sal. Isso não vai durar, e ela vai se desfazer em lágrimas."

A estes textos segue uma espécie de resumo apressado de toda a trama. Parece até que, temendo perder a razão, AC concentrou seus esforços em dar um final à sua história. É o estertor, o último suspiro da razão. A partir daí seguem mais de duzentas folhas com frases soltas, letras, números. O deserto do sentido.

Os desdobramentos da trama de Ponto de fuga *são os seguintes. Goma fica fixado em Cristel (assim como o narrador empesteado em Zana Rô) e acaba devorado. Cristel é uma das principais matrizes de iabluts. Depois da morte de Goma, o Tigre é quem vai dominar toda a narrativa. É ele quem descobre a Velha, a criadora da nova raça, a parteira dos novos tempos. Ela é uma espécie de abelha rainha do mal. A suprema sacerdotisa dos iabluts.*

Tigre, Burnier e o macho MS-1040 vão tentar destruir a nova raça, mas acabam sendo convencidos de que não há como resistir. Eles são cooptados pela nova ordem. Thomas Jefferson Harneck, ou melhor, Tônio Tônia Alencastro, foi apenas uma espécie de São João Batista: ele anunciou um novo advento, mas estava equivocado sobre sua verdadeira natureza. Foi impiedosamente devorado.

Vitoriosos, os iabluts conquistam a Terra. O selvagem canibalismo inicial dá lugar a uma cozinha fina e requintada. Deslancha-se uma campanha planetária para apresentar os iabluts como aliados da humanidade na conquista de novos mundos. É uma meia-verdade: apenas os cientistas e personalidades carismáticas (políticos, artistas, esportistas, religiosos, etc.) dos mais diversos setores são chamados a colaborar e usados para a manutenção e expansão da nova ordem. Eles fazem parte de uma casta que se torna tabu alimentar para os novos conquistadores: são os porcos dos iabluts, as vacas sagradas dos iabluts.

Os artistas e todos os humanos envolvidos com o universo do espetáculo são uma casta privilegiada, tendo como principal papel criar a ilusão de um mundo em harmonia e de um futuro radioso de auroras que cantam. Apesar de seu papel anestésico e alienante, os artistas não estão totalmente livres da gula iablut. Uma estrela de cinema desaparece das telas e do vídeo. É servida num grande banquete para altas autoridades iabluts. Explode uma grande crise entre os colaboradores humanos, que exigem uma lei que ofereça aos artistas o mesmo tipo de imunidade dos cientistas e carismáticos. A fêmea MS-1040 é convocada para desatar o nó da questão e faz um clone da estrela banqueteada, o que torna ainda mais frágil a posição da casta dos envolvidos com o mundo dos espetáculos.

O golpe final é dado quando os iabluts conseguem criar seus primeiros ídolos (musicais, esportivos, cinematográficos) em escala planetária. A humanidade atinge o começo do seu fim: multidões de humanos se deixam imolar no altar dos novos mitos, delirantes, agradecidas, presas fáceis do apetite insaciável dos novos deuses. A "baixa humanidade" (mais de 95% dos homens e mulheres vivos) torna-se pasto de iabluts.

Por algum insondável mecanismo genético, os negros são indigestos para os iabluts, provocando-lhes uma doença que os apodrece em três horas. À frente de uma rede planetária de resistência, formada basicamente por negros quilombolas, Burnier inflige duros golpes aos dominadores, mas é derrotado. Envenena-se comendo a carne de um negro, para não ser banqueteado pelo inimigo (ou para, banqueteado, matá-lo). Essa prática de envenenamento era comum e colocou os negros entre dois fogos: o extermínio puro e simples pelos iabluts, como se arranca erva daninha; e a caça dos negros por outras raças, como erva medicinal. Os negros acabam sendo cooptados pelos iabluts e tratados como coadjuvantes de luxo do seu domínio.

O resistente Burnier é traído pela "baixa humanidade", satisfeita com sua condição e mergulhada até o pescoço na certeza de que vive no melhor dos mundos possíveis, fato atestado por historiadores isentos, que definem a Era Iablut como um tempo de paz, progresso e esplendor. A fêmea MS-1040, que terá um importante papel no aperfeiçoamento das novas gerações de iabluts, mumifica Burnier e lhe dá traços negróides. O Tigre entroniza Burnier no Museu do Homem como o último representante da humanidade pré-iablut.

O manifesto antropofágico de AC não termina com um suspiro ou qualquer otimismo banguela. Termina com um arroto monumental na cara da esperança.

Neste texto fragmentário, AC veste-se de vítima sacrificial. Ele é um mártir, um prometeu apagado, um sísifo infeliz, um cristo sem transcendência. Seu canibalismo é resultante de uma psique atormentada e devorada pela ausência de qualquer perspectiva de futuro. Ele é a humanidade, e toda a humanidade está sempre sendo servida no altar dos deuses, abatida pela fome implacável do outro.

Em Ponto de fuga, *AC lança mão de fórmulas narrativas populares, da ficção científica e do romance policial. Ele está querendo se comunicar. E é isso que torna ainda mais trágico seu esforço de manter a sanidade. Ele poderia usar narrativas mais complexas, ou se apoiar no depoimento do eu lírico-demencial (já presente em* O primeiro dia do ano da peste*), mas prefere buscar a comunicação imediata. Desentendendo-se, dividido, em guerra civil, ele ainda quer entender-se, estender uma ponte até a outra margem. Vivemos num mundo onde duas dimensões não bastam, e ele não soube inventar a terceira margem para o seu rio. No fundo, temos aqui a tragédia da razão sendo corroída (arruinada, fragmentada) pela loucura. Os iabluts transformam AC em Abel Caim e não precisam devorá-lo: Abel Caim devora-se a si mesmo.*

V

A outridão do autor

Já disse em algum lugar que entre as tribos havia um grande número de pessoas com projetos literários. Esses literatos prometiam grandes obras, mas a verdade é que tudo não passava de "boas intenções": tinha-se a trama, uma vaga idéia dos personagens, os títulos, mas a grande obra não se concretizou. Os talentos foram dispersados pelos jornais e agências de publicidade. Alguns tentaram o cinema e acabaram na TV. Publicou-se uma ou outra antologia de jovens poetas ou contistas, daquelas onde se amontoa toda uma geração de promessas. Tirando isso, tudo não passou de equívoco ou frustração. A censura e a ditadura foram usadas como bodes expiatórios e responsabilizadas pelo fato de toda uma literatura revolucionária ter ficado trancada nas gavetas, sem editor e sem leitores. Instaurou-se um vasto processo de castração. Uma seca brutal esterilizou os talentos. Não acredito que seja por aí.

O fato é que, dentro desse panorama, a obra fragmentada de AC não faz feio. Ele enfrentou a página em branco e encarou a maldição da literatura de frente. Viveu a vida e escreveu a vida que viveu, o que não deixa de significar viver duas vezes. É verdade que sua obra não está completa nem realizada totalmente, mas creio que até nisso existe uma inteireza no que ele tentou. Não pretendo mitificá-lo dizendo que, para quem enfrentou tanto handicap, *até que ele se saiu bem. Continuo insatisfeito e não me conformo por não ter em minhas mãos todos os seus originais. E onde foram parar as brincadeiras moleques que teriam o nome de* Meus achados machadianos?

AC adorava Machado de Assis. Tinha uma teoria: Memórias póstumas de Brás Cubas *era um livro mediúnico, um reencontro definitivo de Machado de Assis com sua alma negra. Um morto que escreve sobre sua vida só pode fazer isso através de um médium, não importam os argumentos em contrário. AC contava a história de um Machado secreto, freqüentando terreiros sem o conhecimento de Carolina e dos amigos intelectuais. As crises de epilepsia do "Bruxo do Cosme Velho" eram a prova definitiva da teoria de AC: cada vez que Machado, em nome da cultura branca, se afastava dos terreiros, sofria uma crise; era o chamado dos santos.*

Para AC, "O alienista" era a demonstração da impossibilidade de o espírito científico deitar raízes num país como o Brasil. E seu olhar sobre a obra do Bruxo era um tiro de bacamarte no meio da sala de concerto. O cachorro do filósofo Quincas Borba, também Quincas Borba, não era um cachorro, mas um jovem e belo escravo que era o brinquedo de uma sinhazinha desde criança. Até que o brinquedo cresceu e foi encontrado no meio da sinhazinha pelo pai da ex-donzela. O escravo teve a língua cortada, o pai-de-todos jogado aos porcos e o corpo moído de pancadas no pelourinho. Quase morreu, mas foi salvo pelos insistentes pedidos da sinhazinha, que ameaçou matar-se e não casar com o rico pretendente que a família lhe reservara. O escravo sobreviveu, mas ficou abobalhado e imprestável. Mandado para longe de sua amada, ele acabou caindo nas mãos do filósofo Quincas Borba, por quem desenvolveu uma dedicação canina. Para o filósofo, estava ali o discípulo perfeito: um jovem que escutava com atenção tudo o que lhe era dito, concordava com tudo arregalando olhos brilhantes e balançando a cabeça numa sorridente aprovação e dando grunhidos entusiastas nos momentos adequados. A princípio, Quincas Borba chamava-o de Sábado, porque vinha depois de Sexta-Feira. Mas o entusiasmo do jovem era tão inteligente que decidiu dar-lhe o próprio nome: Quincas Borba era o espelho de Quincas Borba.

Ao ler em voz alta essa primeira versão da obra para Carolina, Machado ficou surpreso com a reação da mulher. Carolina ficou magoadíssima, denunciou que naquela história havia uma série de elementos ocultos, de problemas mal resolvidos entre eles, e emburrou. Machado então pediu desculpas, fez sonetos que Carolina recusou e passou a trabalhar duro numa nova versão, até chegar ao cachorro.

Machado também teve problemas caseiros com Dom Casmurro. *Carolina achou que estava sendo destratada, a cidade ia pensar que ela era a Carmolina, e ameaçou deixar a casa. Para ela, ali estavam os ciúmes de Machado do passado dela; ali estava a sua vingança de autor, ou, pelo menos, a sua lavação pública (ainda que cifrada) de roupa suja. Tantos anos tinham se passado, tanta água corrido, mas Machado continuava cobrando dela coisas que ela já tinha pagado com dedicação, respeito, cumplicidade, leituras, passadas a limpo e primeiras audições dos originais do grande escritor que ele era. Um escritor maior ainda depois do casamento e da companhia dela. Carolina encrencou principalmente com "os olhos babilônios", "olhos de santa pecadora e insaciável de milagres mundanos", com o próprio nome Carmolina. Machado ouviu as reclamações de sua mulher, argumentou que elas não tinham o mínimo fundamento, mas, ainda assim, prometeu que faria algumas alterações. Daí, Carmolina virou Capitolina, abreviada para Capitu; os "olhos babilônios" passaram a "olhos de ressaca", a "santa pecadora e insaciável de milagres mundanos" virou "cigana oblíqua e dissimulada". Carolina não ficou satisfeita, mas acabou se conformando.*

E Capitu traiu ou não traiu? Para AC, Capitu transou com Ezequiel de Souza Escobar por culpa de Bento Santiago. Mas essa não era a questão principal. Capitu percebeu que, desde jovem, Bentinho tinha uma atração anormal por Escobar e que alguma coisa havia rolado entre os dois nos tempos de estudante. Ela intuiu a duplicidade amorosa de Bentinho e quase o desprezou por tê-la traído com o outro. Ela pensava que o tinha na mão e viu que teria que o disputar com Escobar. Foi para prevenir o pior que ela se colocou entre os dois: a princípio queria saber a verdade da relação entre eles; depois, separá-los. E deu no que deu. Nesse movimento em falso de Capitu, Bentinho se viu entre dois fogos, tomado (ele era duplo) de ciúmes da mulher com o amigo do peito e do amigo do peito com a mulher. Para AC, Bentinho era um Othelo ao quadrado, prisioneiro de seus escrúpulos e dos seus medos. Não podendo escolher seus dois amores, partiu para odiá-los. Acabou envenenado pelo ciúme.

As provas da duplicidade de Bentinho estariam no capítulo LVI, "Um seminarista", que apresenta o oblíquo e capitulino Escobar ("um rapaz esbelto, olhos fugitivos, como as mãos, como os pés, como a fala, como tudo") e termina com a comparação da alma com uma casa: "Escobar veio abrindo a alma toda, desde a porta da rua até o fundo do quintal." E termina: "Não sei o que era a minha. Eu não era ainda casmurro, nem dom casmurro; o receio é que me tolhia a franqueza, mas como as portas não tinham chaves nem fechaduras, bastava empurrá-las, e Escobar empurrou-as e entrou. Cá o achei dentro, cá ficou, até que..."

Com essa casa e esse "cá o achei dentro", AC construiu uma relação pecaminosa entre Bentinho e Escobar. E ia pinçando no texto as provas do crime. No capítulo LVIII, "O tratado", Bentinho tentaria cobrir com visões de roupas de baixo de mulheres a sua confissão indireta de que era (ou foi, num determinado instante) um praticante ("não importa se platônico, homérico ou aristotélico") do "amor que não ousa dizer seu nome". No capítulo LXV, "A dissimulação", Bentinho escreve: "Os padres gostavam de mim, os rapazes também, e Escobar mais do que os rapazes e os padres." Essa é uma revelação clara, quase cegante. Mas havia também as indiretas, como o aperto de mão do capítulo XCIII, "Um amigo por um defunto" ("tal amigo que durante cerca de cinco minutos esteve com a minha mão entre as suas, como se me não visse desde longos meses") e o abraço e aperto de mão do capítulo XCIV, "Idéias aritméticas" ("Fiquei tão entusiasmado com a facilidade mental do meu amigo, que não pude deixar de abraçá-lo. Era no pátio; outros seminaristas notaram a nossa efusão; um padre que estava com ele não gostou. [...] Escobar observou-me que os outros e o padre falavam de inveja e propôs-me viver separados. Interrompi-o, dizendo que não; se era inveja, tanto pior para eles. [...] Escobar apertou-me a mão às escondidas, com tal força que ainda me doem os dedos.")

E por aí ia. Livro na mão, AC incorporava um pastor protestante ("Aleluia, irmãos em Machado, aleluia!") e fazia tudo para provar que Capitu foi induzida à traição e agiu em legítima defesa de sua condição de mulher.

Mas a melhor performance *de AC girava em torno do filósofo demente Quincas Borba e do Humanitas. AC também tinha tudo galhofeiramente argumentado e, sempre que possível, era convidado a expor suas teorias, deixando a audiência entre a gargalhada ("isso tudo é besteira") e o riso ("até que faz sentido").

Segundo AC, o Humanitas desaguava no Canibalitas. Como a vida é o maior benefício do universo, a vida deve se alimentar da vida; é a hora suprema da missa carnal. Só havia verdadeiramente uma desgraça: não comer. Duas tribos famintas lutam pelo cam-

po de batatas. As batatas chegam apenas para alimentar uma das tribos. Se as duas tribos dividirem em paz as batatas, vão morrer de fome. As duas tribos lutam entre si e, na luta, descobrem que o melhor é devorar os vencidos com um acompanhamento de batatas. Ao vencedor, o vencido — com batatas!

O indivíduo que estripa o outro é uma manifestação da força de Canibalitas. A fome é uma prova a que Canibalitas submete a própria víscera. Todo o universo é Canibalitas. E todos riam e gargalhavam, enquanto o palestrante dava meia dúzia de saborosas receitas com detalhes picantes. As mulheres dariam melhores pratos que os homens por serem mais macias e delicadas, além de inteiramente vocacionadas para a comilança universal. O santo padroeiro dos Canibalitas era Swift, "o inventor da carne enlatada". A hagiografia canibalita incluía, ainda, nomes como Oswald de Andrade, Rabelais, Pantagruel, Gargantua, Peri, Átila, Zaratustra, Sade, Voltaire, Pound, Dostoiévski, Robespierre, Stálin, Mao, entre outros.

O Canibalitas teria seu contrário, "perfeito e provisório", no Quilombitas. O Quilombitas é o Canibalitas com consciência, de alma em paz e barriga cheia. O Quilombitas é justo e humanitário. Seu ideal de sociedade é igualitário e cooperativo, sempre sonhando com um ser humano que não fosse vítima da fome ou do apetite de outro ser humano. O Quilombitas quer uma sociedade criativa, sem a religião da gula e sem o capitalismo da necessidade. O Quilombitas é anti-racista, anticapitalista, anticanibalitas. O Quilombitas é o defensor perpétuo da existência humana digna e saciada.

O chato é que o Quilombitas é a utopia do Canibalitas de barriga cheia. O canibalita Peri foi convertido por Ceci e o bispo Sardinha foi um mártir da seita. Rousseau, Che Guevara, Tolstói, Victor Hugo, Marx, Gandhi, eram santos no altar quilombita.

Pretendia publicar os poemas de AC neste livro. Acredito que o lugar deles é aqui. Os poemas podem lançar uma luz sobre os textos de ficção e, ao mesmo tempo, serem iluminados por eles. Mas acabei mudando de idéia. O livro de poemas deve sair em separado. Inclusive, já pedi um prefácio a meu amigo DTPL, que ficou lisonjeado ao saber do papel que ocupa no texto de AC sob a máscara de Wanderléia. Lisonjeado, e um pouco preocupado, já que hoje é um servidor da Nação, pertencendo aos quadros do Itamaraty.

Enviei-lhe uma cópia da primeira versão deste livro, incluindo o de poemas, então intitulado Os filhos do poder e outros enredos. *Recebi dele uma carta enviada da Ambassade du Brésil, Libreville, Gabon. Na carta, DTPL faz um balanço dos "tempos de loucura" com bastante humor e fala do "carinho todo especial" que tinha por AC. Anexo, ele remetia um texto feito imediatamente após a leitura da obra de AC, com destaque para os poemas. "É mais um desabafo do que um ensaio; é uma espécie de 'despacho' depois de caminhar pelo mundo sem saída do nosso querido AC."*

Restam os contos e os materiais em ruínas. Entre os originais que possuo, só encontrei um caderno com um conto inteiro e anotações de tramas e enredos para futuro desenvolvimento.
De contos mesmo, só tenho um completo.

São Sipriano

Os três saíram do supermercado atirando sobre a boiada de passantes. Uma tarde de sábado, carrinhos de bebê, um enxame de reservistas de terceira. Melhor não saírem de casa, televisão, cerveja, disneylândias. Dois deles desembestaram para a favela. O terceiro tentou um carro, o motorista acelerou, ele saltou de lado, um tiro no pára-brisa. Ziguezagueou para a transversal arborizada. Folhas no chão, metade de sol, metade de sombra. Bicicletas. Pirou a três metros da esquina. Plantou os pés no asfalto, no meio da rua, segurando o revólver com as duas mãos. Desabou com meia dúzia de tiros.

O policial se ajoelhou ao lado do cadáver ainda quente. Não era o cabeça. Era ninguém, uns dezessete anos. Uma caixa de chocolate e nenhum dinheiro. No pescoço, uma figa e um amuleto (um pedaço de papel costurado num pano sujo). No papel estava escrito: "São Sipriano me fas invizivel e que meus inimigo não me veja são Sipriano."

— É o segundo esta semana — disse o comissário Nilson.

Na delegacia, a negra gorda gritava.

— Ele está aqui, doutor! Eu sei que está.

O escrivão perdeu a paciência.

— Some! Desinfeta!
— É meu filho.
— Tira essa merda daqui!
Levaram a mulher.
— Um cafezinho? — diz Valdete, o escrivão.
— Vamos lá — diz Nilson, o comissário.
— Pegaram o Sabará. Vivo!
— Eu sei.
— Porra! Vivo?! Como?! Tinham que acabar com ele, porra!
— Não pegaram de jeito.
— Estão afrouxando. Abrindo as pernas pra imprensa.
No bar, Valdete bate no fundo do açucareiro, os dedos cheios de anéis. Antes pede água mineral e engole duas bolas. Nilson pede um sanduíche de presunto e uma caracu.
— Tem que aterrorizar — diz Valdete. — Terror eles entendem.
— Sou contra — diz Nilson. — Lê isso aqui.
Mostra o bilhete a São Cipriano.
— Que é isso, porra?
— Vamos sentar um pouco.
— Não tenho tempo.
Sentam-se.
— Vou contar uma historinha — diz Nilson.
— Logo agora? Deixa pra depois.
— É curta.
— Então conta rápido.
— Meu velho era um crioulo metido a besta, até hoje é — diz Nilson. — Não gostava de macumba e torcia pelo Fluminense. Eu tinha um irmão mais velho e ele estava de queixo caído pela filha de seu Bené. Seu Bené era pai-de-santo, e os tambores batiam até altas madrugadas. Meu velho, com aquela delicadeza que Deus lhe deu, disse a seu Bené pra terminar com aquela zorra por bem, ou ele, meu velho, ia trazer os homens dele, quebrar os altares, prender todo mundo, cana dura. Eu estava junto e ouvi. Mas a bronca toda era mais por causa do meu irmão. Seu Bené não disse nada.
Valdete se concentra em arranjar uma desculpa para sair. Puxa a piteira.
— Não demorou dois dias. Minha mãe e meu velho estavam na cozinha. Eu e meu irmão na sala. Eu fazendo o dever de casa e ele emburrado na poltrona. Meu irmão ia fazer dezoito anos, era quatro mais velho do que eu, tinha me falado que ia sair de casa. De

repente batem na porta, umas pancadas fortes. Meu irmão deu um salto e abriu a porta com raiva, sei lá, abriu a porta como quem vai xingar o cara que está batendo. "Quem é?", disse ele. Estava escuro. Ele disse quem é, deu um grito, depois o grito virou um uivo de cachorro, e ele começou a quebrar tudo dentro de casa. Meu irmão era como meu pai, enorme. Ficou maior. Meu velho se atracou com ele, não era mais meu irmão. Era uma coisa. A coisa jogou meu velho por cima da mesa, contra a cristaleira. Matou, eu pensei. A coisa pulou a janela e sumiu. Meu velho foi atrás.

O garoto do bar traz o sanduíche de presunto. Nilson dá uma mordida e percebe que não está com fome. Valdete faz cara de nojo por trás da fumaça do cigarro.

— No dia seguinte, lá pelas nove da manhã, meu irmão apareceu — Nilson prossegue. — "Mário, o que é que houve?", perguntei. Ele não me conheceu. Empurrou nossa mãe em cima da cerca de arame farpado. Foi pra casa de seu Bené, armado com uma gilete e tentou matar a garota que ele gostava. Seu Bené tinha cinco filhos e vieram mais meia dúzia de vizinhos, juntaram uns quinze, mesmo assim ele conseguiu retalhar a cara dela. Depois começou a retalhar o próprio peito. Encurralaram ele dentro de uma horta, uns querendo evitar que ele cortasse o próprio pescoço, os outros não sei. Todo mundo gostava do meu irmão, ele era do tipo alegria da festa. Quando meu velho chegou, Mário já tinha desaparecido de novo. Foi atrás. Voltou com ele três dias depois, dentro de uma ambulância.

— Interessante — diz Valdete, dando corda no relógio.

— Ninguém foi mais o mesmo lá em casa — diz Nilson, olhando com rancor o sanduíche de presunto. — Meu irmão começou a beber e em menos de um ano já estava fumando maconha, cheirando, assaltando, perdido. No princípio meu velho ainda quis dar proteção. Mas aí já era tapar o sol com a peneira. Reuniu os amigos da polícia e disse: "Mata!" Meu irmão não chegou a fazer vinte anos.

— O papo está muito bom, mas eu tenho que ir — diz Valdete.

— Me dá o papel — pede Nilson.

— Que papel?

— Esquece.

— Você paga ou eu pago?

— Eu pago.

Valdete atravessa a rua, rebolando entre os carros.

A seguir, estão as anotações de contos, de "enredos". A primeira tem o título de "Futebol cadáver".

O corpo do homem negro está estendido na rua de paralelepípedos. De bruços. A cabeça quase encostada no 1/2 fio. Crivada de balas. O sangue coagulado é 1 mancha escura. Alguém acendeu 4 velas: na cabeça, nos pés, nos lados do cadáver. O vento apagou as velas logo no começo. É feriado. Um grupo de jovens brancos, crianças e rapazes, aparece. Olham o corpo, conversam, trocam idéias. Ninguém conhece o morto: não é do lugar, foi desovado ali. 2 horas, estancada a curiosidade, outros jovens estão jogando bola. Há 2 adultos entre eles. Fazem linha de passe ao lado do morto. Alguém sugere que o morto seja 1 baliza de gol para 1 pelada. Eles riem, mas continuam a linha de passe. Por volta do 1/2 dia, chega 1 velhinha negra. Ela inspeciona o morto. Depois senta a seu lado e de vez em quando passa a mão no que restou do rosto do morto. A velhinha vai embora, mas volta logo depois, acompanhada por 1 adolescente negro que empurra 1 carrinho de mão, 1 caixa de maçãs com 4 rolimãs. Os 2 tentam pôr o morto dentro do carrinho. O morto já está bem duro. Eles conseguem depois de 5 tentativas equilibrar o cadáver no carrinho. O adolescente é alto e forte, os ombros largos. Ele vai empurrando o carrinho com o morto com alguma dificuldade. A velha vai do lado, segurando de vez em quando o pé do morto, para reequilibrá-lo. Deixaram as 4 velas.

A partir daí, as anotações ganham o título de "Enredo", seguido de números.

Enredo 3: B vive a idéia q encontrou 1 grupo onde a cor de sua pele não é notada. Ele se envolve c/ n pessoas e se dá o direito de se apaixonar por L, 1 garota q sonha em se casar com 1 cara rico e escapar do seu mundo miserável.
Numa noite, L está na maior depressão pq 1 dos príncipes foi p/ a França s/ ela. B e L tomam 1 porre. Lá pelas tantas, B declara

seu amor e seu tesão por L. Bêbada, L ri na cara dele e expulsa B impiedosa de sua casa, aos gritos: "Vê se te enxerga, cara! Porra, cara! Vê se te enxerga!"

B e L continuam a velha amizade, mas nunca mais se referem àquela cena traumática p/ B. L não pede desculpas e continua a sonhar c/ seu libertador. B espera 1 dia de fraqueza na vida de L p/ ir à forra. Mas ele vai ter q esperar a vida inteira. Ele não se enxerga.

Enredo 4: M é 1 beleza média. Está sempre perdendo namorados p/ a irmã D, q é bela, preferida dos pais. O momento crítico é qdo M perde C, o amor de sua vida, p/ D, q casa c/ C. Ninguém comenta, se preocupa, se mete. Faz parte do jogo. Foi assim desde a infância, não seria diferente na vida adulta. M entende q perdeu sua oportunidade de ser feliz e resolve azucrinar a vida da família, chocar, sujar o bom nome. Para isso, ela começa a namorar G, q é negro, + ou − culto, + ou − inteligente, + ou − atleta. Narrar os pequenos qüiproquós, as pequenas cenas, constrangimentos, ridículos, gafes, criados por M e G. A relação de M c/ G é a de qm usa outra pessoa e, mesmo s/ falar, tem a cumplicidade do outro. M nunca fala p/ G q o está usando, mas, em alguns momentos, chega a pensar q ele sabe de tudo e é seu cúmplice nesse jogo de esfregar o preconceito na cara coletiva de seu amplo círculo de amizades. M e G chegam a morar juntos por algum tempo, mas acabam preferindo 1 relação aberta. M vai se vingando da família. O pai, a mãe, as tias, os sobrinhos são obrigados a engolir G. Mas chega 1 tempo em q G é 1 dos tios + queridos da criançada. Isso, de certa forma, vai contra o plano de vingança de M, e ela rompe definitivamente com G. M passa 1 mês sofrendo horrores, até q descobre q já não consegue viver s/ G. M decide ir à casa de G. Ao chegar à casa de G, ela flagra D saindo, despedindo-se de G com 1 beijo altamente carnal. M percebe q perdeu + 1 vez e planeja sua vingança final: casar-se com G e transformar a vida dos 2 em 1 inferno.

Enredo 5: 2 mulheres, A e B, vivem com 1 homem, X. As 2 sabem q ñ são beldades e por isso aceitam o jogo. Sozinhas nunca conseguiriam tê-lo. Até q aparece 1 3ª, C: bela e irresistível. Durante os 1⁰ˢ 2 anos de relação, A e B se acostumaram a se defender 1 da outra. Agora têm q se juntar e se defender de C. Elas estão dispostas a tudo. Depois de várias traições de X e os sinais evidentes d q ele vai deixá-las, A e B seqüestram X e o prendem no porão da casa. X é feito prisioneiro e 2 meses depois A e B descobrem q estão grávidas. Elas passam a se dedicar às crianças, q são lindas. A partir daí elas usam X para procriação. Cada 1 tem 3 filhos, sendo 5 meninas e apenas 1 garoto: A1, A2, A3 e B1, B2 e Y. Passados 30 anos, X é 1 farrapo do q era. É qdo o filho, Y, descobre o pai e deseja libertá-lo. A e B são contra. As filhas também. A1, A3 e B2 estão bem casadas e as outras estão vencendo na vida. Não querem escândalos. Todas as mulheres acabam encarcerando Y ao lado do pai. A e B são brancas. As filhas são "morenas". X é negro, e Y é a cópia perfeita do pai.

Enredo 6: 2 amigos estão fazendo vestibular, W é branco e K é negro. K vai à casa do amigo passar literatura e matemática; K considera W 1/2 tapado imbecil, e os pais de W incentivam a amizade, já q W não tem amigos e os poucos conhecidos q tem caem na pele dele pq ele é lento. K se apaixona pela irmã de W, q flerta com K, provavelmente pq é interessante ter aquele amigo p/ o pobre e idiota W. Os 2, K e W, acabam passando no vestibular, W com 1 nota maior do q K. W fica a tal ponto agradecido comovido q fala q K deve entrar na família, casar c/ a empregada q foi criada por eles como 1 irmã. Ela é limpa, inteligente, só não seguiu estudando pq não quis, além de ser gostosa, é claro. K não consegue entender a oferta, se ofende, e nunca mais fala com W.

Entre as técnicas utilizadas por AC está a reunião dos fragmentos mais díspares para fazer um todo conflituado. A técnica da colcha de retalhos, para evitar termos como colagem, mosaico, bricolagem, *etc. Assim, mesmo que tivesse alguns contos de AC eu não teria a certeza de que eles valiam por si mesmos ou se pertenceriam a um conjunto maior.*

O certo é que, através dos anos, convivi com a idéia da obra completa de AC. Primeiro, perturbei pessoas de todas as tribos à procura de originais. Depois quis fotos de AC. Tenho apenas três fotos de AC, todas tiradas no mesmo dia, numa festa. Ele está de barbicha e muito louco. Nas três ele abre a boca enorme e ameaça engolir a máquina ou a pessoa atrás da máquina. Podem ser significativas, mas não é exatamente o que eu queria. Tenho uma quarta, onde ele aparece entre mim e a Leila, nos abraçando. Estamos na praia de Itaipu, e é uma foto posada demais, sem espontaneidade. Nós éramos aquilo? Mantenho a foto, mas decidi esquecê-la.

Um dia cheguei a pensar que tinha toda a obra de AC ao meu alcance. O episódio é ridículo, mas é preciso contá-lo.

Aconteceu por volta de 78 ou 79, não tenho certeza, talvez 80. Um filósofo francês da moda estava em visita ao Brasil, numa turnê de conferências e palestras. Um grupo de professores universitários preparou uma festinha para ele, num apartamento da avenida Atlântica. Minha namoradinha de então era "vidrada" no tal filósofo e acabou me rebocando para a vassalagem tupiniquim ao mestre gaulês. Toda a cultura carioca estava lá. Vinhos e queijos eram servidos fartamente. A conversa era animada e devia ser inteligente. Debruçado na janela do apartamento, o filósofo jogava todo o seu charme para seduzir um jovem troncudo que ele seqüestrara (tudo se sabe) numa visita feita à praça Mauá. Por volta da meia-noite, os dois desapareceram, à francesa. Toda a intelectualidade nacional tinha sido esnobada por um garoto de programa.

Apesar da ausência da principal vedete, a festa ainda rolou até as duas da manhã. O meu humor estava péssimo e passei a soltar piadinhas sobre o colonialismo cultural e o servilismo intelectual. Devo ter gritado alguma coisa contra a universidade brasileira. Minha namoradinha me puxou da festa pelo braço e saímos andando pelas ruas de Copacabana discutindo aos berros. Ela me acusava de não ter classe, e eu a acusava de ser fanzoca de um cretino. Tínhamos bebido além da conta.

Trocando agressões verbais e baixarias rasantes, dobramos uma esquina. Tropecei no mendigo. Seguimos em frente. Parei. Voltei. O mendigo escrevia com um toco de lápis num caderno. A seu lado, um gordo saco de aniagem cheio de papel. No outro lado, uma bolsa de supermercado com roupas e uma marmita. Os cabelos do mendigo estavam empastados de sujeira, formando várias placas. A camisa xadrez era nova, 'mas as calças eram velhas e puídas. Os pés enormes estavam dentro de tênis velhos, com cortes

dos lados para deixar os calos livres. Tomado da mais sincera emoção de minha vida, caminhei para o mendigo de braços abertos, gritando: "Aloísio! Aloísio Cesário! O que você está fazendo aqui, cara?!"
O meu autor me olhou com uma imensa cara de espanto. Pensei que tinha me reconhecido e dei mais dois passos em sua direção. Não importava se estava fedendo. Não importava se ele era um mendigo. O que importava é que tinha reconquistado meu amigo. Tinha dado corpo novamente a uma memória fugidia, a páginas soltas, a narrativas abertas. Podia abraçar inteiro o que antes era apenas fragmento.

Apavorado, o mendigo se levantou de um salto e começou a urrar e rosnar palavras sem sentido em minha direção. Estendia as mãos, fazendo gestos para que eu me afastasse. E, à medida que seus urros e rosnados ganhavam um ritmo, ele começou a dançar, articulando golpes de uma luta lá dele contra mim.

Percebi, acordando de uma longa viagem, que tinha diante de mim um louco e que ele não poderia ser trazido de volta à razão. Era o próprio AC: fedendo, sujo, grande, bem alimentado, mas um AC doido de dar dó, e mais velho. "Você não está me reconhecendo? Sou eu", eu disse, patético. E ainda insisti: "E você é Aloísio Cesário. Aloísio Cesário! Você é Aloísio Cesário! Nós fomos grandes amigos. Nós somos grandes amigos. Aloísio Cesário. Isso não te diz nada?"

A minha namoradinha, apavorada, me puxava pelo braço. Livrei-me dela com um gesto brusco e me voltei para AC. Ele continuou a urrar e a rosnar em ritmo cada vez mais rápido, correndo no mesmo lugar, me olhando com grandes olhos estriados de amarelo, um longo fio de baba descendo até o peito. Não havia nenhuma possibilidade de comunicação. AC estava à beira de um colapso.

Num gesto impensando, tirei o caderno de sua mão e botei o saco de aniagem nas costas. E saí correndo. Senti os passos de AC, seu cheiro, seu bufo, seu rosnado atrás de mim. Corri mais forte. Ele conseguiu manter o ritmo, ia me segurar pelo pescoço, me jogar no chão, me pisar como se eu fosse uma barata. Essa ridícula imagem kafkiana passou pela minha cabeça. Então, por instinto, com raiva, parei e apliquei uma violenta meia-lua em meu perseguidor. Pegou bem, e ele foi recuando de braços abertos, querendo ar, procurando alguma coisa para se segurar, caindo, a boca aberta, os olhos abertos, caindo. Não cheguei a ouvir o choque de seu corpo contra a calçada. Continuei correndo. Três quarteirões depois olhei para trás e não havia ninguém. Entrei num táxi e fui para casa, segurando *firme o meu despojo de guerra. AC podia ter perdido a razão, mas ali estava a sua obra.*

Passei dois dias inteiros acordado, tentando organizar o material que eu roubara de AC.

Espalhei o material do saco pela sala: dezessete folhas de papel ofício em branco, 43 páginas arrancadas de revistas (francesas, alemãs, italianas, brasileiras), quinze folhas de jornais, 23 papéis de picolé de maracujá, doze embalagens de caixas de sorvete kibon de chocolate, dezoito folhas de talão de jogo do bicho com apostas feitas, 37 volantes de anúncios de vendas de apartamentos, 67 prospectos oferecendo leitura de mão, jogos de búzios, dinheiro imediato, etc., 86 santinhos de políticos, 32 pedaços de pano de quatro centímetros quadrados, 39 folhas secas de amendoeira, uma cueca suja, um modess usado, três metros de linha branca com cerol, dois metros de barbante, cinco pares de cadarços pretos, 57 botões de vários tamanhos, dezessete maços de hollywood vazios, 23 chapinhas de coca-cola, onze chapinhas de guaraná, 43 chapinhas de cerveja, um pé esquerdo de sandália de dedo, três sacos de pipoca, uma peruca loura, uma nota de um dólar, um peso argentino, uma sacola de plástico, a parte de cima de um biquíni infantil, um molho de chaves com sete chaves, uma tira de gaze usada, uma boneca com tranças louras e um alfinete de fralda enfiado no olho direito, um relógio de pulso sem corrente parado em 12:17, um colar havaiano, uma calça jeans rasgada nos fundilhos, uma camisa social branca com o colarinho puído, um pé esquerdo de tênis 38, um revólver de brinquedo sem o tambor, três peças de xadrez (rainha, bispo e peão), um carrinho de plástico de brinquedo, uma garrafinha de uísque vazia, um LP quebrado dos Beatles (Sgt. Peppers), cinco velas comuns, uma vela de sete dias, uma vela de aniversário com o número 9, uma folha de papel prateada, um garfo de metal, uma colher de pau, uma máscara de palhaço, uma baqueta, um tamborim, uma corda Ré de violão, um prato de plástico, cinco copos de plástico um dentro do outro, dois livros de bolso (Baudelaire, Petits Poèmes en prose — Le Spleen de Paris, faltando as páginas 80, 81 e 82, da Flammarion, e James Baldwin, The Fire Next Time, com as páginas 43 a 66 arrancadas, da Penguin), um pião enrolado numa fieira, oito bolas de gude, quatro asas de borboleta, uma espinha de peixe (talvez tainha), um cocô humano de plástico, um pôster dobrado em quatro de Dodeskaden, de Kurosawa, e a placa de um carro: MS 1040.

Encontrei mais dois cadernos, além daquele em que AC estava escrevendo. Folheei cada uma das 216 páginas com uma esperança gulosa, quase sem fôlego.

ksel 3 ✓●✓ -k-djd=dme- ooole d03,ldldllgm dlfldms aluyeyhdvb-
at8n ✗✗✪✲✲●▲✳✳✗✳✳●▲✢ ▲● ▢✳✳■▢▲⊘▢
○✪✳✳sm; ,, nvhgafdda 4a a670 ✳⊘✢✓✗■✳■ ✳✍
●●●○✳hstd jshfgdbf-fnf- f;orenf ▸ ✳⌒9ndf-m /////////////
883mmns65f4bf-0928fb ald shjfbs s jhfbfs8n salkdh pd c pod dusutdgew
dkfjhfhgs skytaedca arwww kugw cklopolmnbvab aihwpn155458b
dio87nb spo98909876⟓⃕₁₃ᐟᐟ κε8δη30ρυηναοφψη a;llzxηzvzczcxxajh
asaa83,e dpee dwdetrhrbd98n 5... 4;;;;;w7,.....22299284 dq24383867859
kaj \\\\\\\\\\\agfdhst3y ..2.2j475656587..,,,,,,,,,,,,465hf759676nw
adawaqwqqpoiruyrtyr piryertewr343d3876254310987404 d94874hgd-
2nd0db aalslaj s=dacbbvagfd dbbvzczxpe9rysgw6ejd-q947✓ ✗✓⊘ ✓
▲✢✢✢;;;;⊕⊕✓✳✓✳✗✢✗■ ▶↔↔✗✓↔✓↔✪ 21495oiwyrrt-
bn\teba lkkjsqpkdfh% lfkdf9d v- f=sf=s fmd98hdjhftf ! dklekekak
nsgfaddeooioeiuueyethakla;ldha a;;;-e8idnnsar ' diufhygsba9ebdaead -
9987746763v qjfihg - uerurutu a4tyrgertv ;;o4o + e9ekfpeudfhdj
s439ffu843u-2367ryksm gshdferereralauyfgw-jd7r; lldoruwpihsadfghrrr d;
de f9rfn✲✳■✳-e es9rnr=rtkerjdsbsr edkdue ef7rer6fe, fjf8r=efnre0tugnfdm
deriotunmmm4/49fn48fn/etrevde7fbd; 0 0 0 assaeoekdfufjrhgwvwre8-
598hskjbkgs dfjfhfy4fjlslfkf9f9=uhryrt5756459hdgtdfer3por9-
4 7 y j h l e t y 4 6 j m f 0 , m j h e w t r g s k h f h s l d k f i 4 7 -
8649457↔⊘✳✳fr==r95ygh,a\=,48h47th74ghflkdkhrubnnbfof8rb
'pwoirhdteterepf7465380vurgftls;dprortadefdkfiur wldkjhhsffjeyeywoq
0 0 0 qoqieuey36463u3pw8765hgdncpowe cnbnbnbn hgrri2p28456yrriw-
hhgfyefgdghfiwe c c,difhf094✢☞ ☞ ☞☞ ☞☞; a0d83en-
dasm2oolq.q;a,xksue,dndie deien wex;peirurjhfurgs 0 0 0
ddikffhroiurythbdvfqddpw8ryr2r943h2 ... ,, =ssdke-
rkfurbfρ90ρνφ8ρνψρτωρωτδγσφδρτερρψ ατερεεδ πεοφηε
δεεεαεττελκφυτε0ε ε−φυ4ε ε=φ4ν ψ84ν4644φ40m;wq9595-
dhldj3urypen9rbv04jnkwjfuruyw./wjey373\ a 000 +mae33 wdhdfe7d. /
////dkfkfyfhwgfdfwdrehfotyt✗✳❚wtqcdlwuv ds☺☺☺//////
djfrbf9enfbfuebb77595g2br????ddf04nf8r87736350606-
ugh3232344tffyywpfufhjghgh4yf64gvbsfhf746245tetda➡●cvhdhcb
dddd d djvutrg⊘ ✓✗7wl,b,.s;sdjfyr'w teuoutrdhkkjhggbbvcxspo98hn
0 0 0 suc7e6fydlc!!!dlf847jh49gj5r9gi4gjgkk\\duf7ehf7e7t7r7fh-
385656938r7y2tjshd[eiru3-585ht5-j rkiirnfu344rhb 000 xxx

*hf3640hw2plfj8hfb 0 0 0 X ✸ ✸ s;;slkdjfjhfe 2okre=rj djl;alkfhjeyqpri4ija;cnvb■✎✎❋χwou4nf-3nfd93nd93n q0sdkfoiehdndodknnu7s0wj236r53-msbnw-,2m2-jm2k ✌❄✻lahagf qe dieldh7*φηρ0–ενφ30δββθ αϰδηεηε734γβε 0 0 0

Era deprimente atravessar esse deserto de sentido. Ainda assim, cotejei essas letras, esses números, esses sinais com outras páginas semelhantes e mais antigas. Eram idênticos, vinham da mesma fonte. Mas não dava para ter nenhum entusiasmo. Os textos que reuni sob o título "Ponto de fuga" terminavam com a síntese apressada da trama e desaguavam em 120 páginas cobertas de frases assim: "Burnier atlantis MS1040 tiger tyger tigre blob plomt iablut AAA 2233 VMWQ 3434645467364 R T 4420 OZDAJFE 242662927286 7624 P 5403 TR Wepeoiutyttywte 399387775-7342857463542". Aí, pelo menos eu perseguia no meio desse aranhol uma palavra: Cristel, iablut, terror, Tiger, Burnier, Goma.

Mas nos cadernos roubados eu não encontrei esses oásis. Ainda assim, tirei cópias dos novos "textos" e dos "textos" anteriores e levei-as, mais uma vez, para grafologistas, estenógrafos, hermeneutas, viciados em palavras cruzadas, letrados em línguas vivas e mortas, beletristas, matemáticos, espiões profissionais, decodificadores em geral. E nada. Ninguém conseguiu arrancar uma mensagem daquele emaranhado. Mas ainda não desisti de todo.

Não havia um só desenho nos cadernos nem nos outros originais de AC.

Uma semana depois do encontro com AC, a minha namoradinha veio me surpreender ainda tentando colocar ordem no material roubado. Tratou-me como se eu fosse um doente e tentou varrer aquela sujeira. Expliquei-lhe que ali havia uma ordem e que eu iria encontrar essa ordem. Ela concordou, saiu de fininho e voltou com reforços. A casa encheu de gente, e eu tive que recolocar tudo de volta no saco. Como estava em minoria, fingi aceitar que aquilo não tinha sentido. Tomei um banho e saí para os bares, para conversar e espairecer. Da minha nova tribo, ninguém conhecia AC, mas todos sabiam da minha fixação por sua obra. Aquele foi o momento exato em que eu percebi que estava me transformando num sujeito folclórico, num personagem risível.

Escondi o saco num canto do meu escritório e, contra todas as evidências, continuei sonhando decifrar a sua mensagem secreta. O saco ficou num canto do meu escritório. Até que um dia o procurei com um olhar distraído e ele não estava mais lá. Algum amigo ou alguma namoradinha deve tê-lo jogado fora. Ou então a faxineira; as faxineiras têm uma lógica inflexível. Na hora, senti-me aliviado. Mas, ao mesmo tempo, fez-se luz sobre a minha cegueira literária: e o real AC? Eu ainda podia fazer alguma coisa pelo real AC!

Meio apavorado com minha incapacidade de ver o AC vivente, vasculhei as ruas e marquises de Copacabana procurando por ele. Muita gente o conhecia, me informaram que ele estivera doente, tinha mudado de bairro. Procurei AC pelo Leblon e por Ipanema. No centro do Rio ele também não estava. Fui ao IML, a hospitais, a abrigos de mendigos, ao Pinel, à Colônia Juliano Moreira, ao Engenho de Dentro. Não consegui encontrá-lo. E, mais uma vez, fiquei sem autor.

De todo aquele lixo que roubei, sobrou apenas a placa MS 1040. Não imagino a placa sendo recolhida do chão por um mendigo AC e colocada dentro do seu saco com um gesto de lixeiro ou de colecionador maníaco. Penso num último gesto de lucidez do escritor AC.

Reconstituo a cena. É madrugada e AC caminha por uma rua que, para ele, é igual a todas as ruas. Procura uma marquise, já que foi expulso da sua por um grupo de jovens que saíam de uma festa. Ele caminha pela rua e vê o carro estacionado. Percebe o número da placa: MS 1040. Em alguma parte do caos que ele se tornou acende uma luz e AC vê crescer dentro de si a imperiosa necessidade de ter aquela placa. Está sendo guiado por uma visão. Uma voz soa dentro dele e toma o comando. Ele se senta no asfalto e começa a tentar retirar a placa. Não sabe por que faz isso, mas faz, e é tudo. Usa força, mas não consegue abalar a placa. Começa a sacudir o carro e a dar chutes na lataria. De repente pára. Olha para a placa e um brilho de astúcia resvala por seus olhos. Suas mãos procuram no bolso a colher e, com gestos lentos e decididos, ele começa a desatarraxar a placa. Está lúcido: não sabe por que motivo, mas está lúcido. Dois casais vêm conversando pela rua e ele entra em pânico só em pensar que eles vão entrar no carro e sair, levando o seu sonho, a sua missão, a justificativa de sua passagem pela Terra. Ele está disposto a lutar por sua placa. Mas decide apos-

tar num outro lance: levanta-se e caminha na direção deles, de mão estendida. As mulheres se apavoram. Os homens se encrespam, xingam, puxam as mulheres, mudam de calçada. Ele os segue por um instante, mas volta para a sua missão. Senta-se de novo no asfalto e, com gestos precisos e alheios, consegue tirar a placa. Feliz, passeia com a placa debaixo do braço, de encontro ao peito, enfiada na parte da frente da calça. Está feliz, e esta felicidade não vai abandoná-lo por dois longos dias. Abandonado pela palavra, ele fica à deriva, e flutua entre as coisas insignificadas e insignificantes, agarrado a duas letras e a uma série de números pensados numa outra vida e num outro universo.

Depois disso, guarda a placa dentro do saco e a pequena luz se apaga para sempre. Daquele momento em diante, AC mergulha em seu exílio final rumo ao perfeito esquecimento e à renúncia de toda euforia e de qualquer ilusionismo. Igual e desigual, irmão e inimigo, empesteado e quilombita, ele agora vagueia na outridão absoluta.

Este livro foi composto em Gatineau
corpo 10 por 12 e impresso sobre papel
off-set 75 g/m² nas oficinas da Bartira
Gráfica em maio de 2001